LOTTE INGRISCH

AMOUR NOIR

LOTTE INGRISCH

AMOUR NOIR

DIE ENTLARVUNG DES SCHMETTERLINGS

ROMAN

EDITION S

Edition S
Verlag der Österreichischen Staatsdruckerei

1. Auflage

Graphische Gestaltung: Atelier Fuchs
Redaktion: Helmut Strutzmann/Multi Art
Druck und Bindearbeit: Österreichische Staatsdruckerei
ISBN 3-7046-0034-2

Inhalt

Die Ruinen
7

Die rote Puppe
17

Die tote Straße
25

Mirjam
29

Das Begräbnis
41

Die Bilder
46

Der Abgrund
66

Die Jägerin
70

Die Großfürstin
77

Die Christus-Ikone
83

Der Angeklagte
88

Weißer Dämon
93

Der kleine Bruder
101

Die Dame im Pelz
108

Der Spiegel zerbricht
115

Lanotte
121

Mein Herz ist ein Gespenst
128

Abyssus abyssum invocat
134

Amour noir
144

Biographie eines Romans
156

Die Ruinen

NOCH immer lag dieser Leichengeruch über der Stadt. Sie konnte weder leben noch sterben. Wie ein nur halb zertretenes Tier bewegte sie sich zuckend im Staub.
Mitternacht war schon vorüber, als Jaroslaw Tarski, Sohn eines vor sieben Jahren mit unbekanntem Ziel deportierten polnischen Offiziers, auf einem der zerstörten Bahnhöfe ankam. Die Züge verkehrten damals noch sehr unregelmäßig. Er war tagelang in obskuren Zwischenstationen herumgelungert, hatte sitzend in seinen Kleidern geschlafen, verwildert und apathisch, während ihm ein schmutziger Bart aus Hals und Gesicht wuchs. Nun nahm er seinen abgestoßenen kleinen Koffer, er war notdürftig mit verschiedenen Schnüren zusammengehalten, auf. Er wog nicht schwer. Trotzdem mußte der Mann ihn alle paar Schritte hinstellen, als er, hoch gewachsen und unterernährt, eine zerschossene Straße entlangschwankte. Die nächstbeste, denn noch hatte er kein Ziel. Sie war unbeleuchtet und leer. Nur kosmisches Licht aus kältesten Fernen erhellte, was von der Stadt übriggeblieben war. An die Laternen hatte man bis vor kurzem noch Menschen geknüpft. Da oben waren sie, jedermann zur Warnung, in der beginnenden Sommerglut langsam verwest.
Plötzlich fielen, rasch hintereinander, mehrere Schüsse. Tarski blickte sich nicht einmal um. Er

stolperte weiter und weiter, ohne zu wissen, wohin. Es war purer Zufall, daß dieser Güterwagen ohne Aufschrift, in den er zuletzt geklettert war, schließlich in Wien ankam. Er kannte hier niemanden. Die meisten Häuser, an denen er vorüberkam, waren ausgebrannt. Schon wurde der Himmel blasser. Mechanisch rieb er seine Hände, sie waren rot und verquollen. Ihn fror. Mit zusammengekniffenen Augen versuchte er sich zu erinnern, wann er zum letzten Mal gegessen hatte.

Das war gestern gewesen, als der Zug auf freiem Feld hielt, Stunden um Stunden, ohne daß jemand gewußt hätte, warum. Die Gestalten, die um ihn herum kauerten, schmutzig und krank wie er selbst, erwachten zu hektischem Leben. Einander aus dem Weg stoßend, waren sie aus dem stickigen Waggon gestürzt und hatten sich auf dem Feld niedergelassen wie eine Schar böser, hungriger Vögel. Voll Haß jagten sie sich gegenseitig die Beute ab — ein paar aus der schwarzen Erde gekratzte Rüben. Krank vor Ekel hatte Tarski sich abgewendet. Doch Minuten später fand er sich mitten unter ihnen, auf allen vieren über den Acker rutschend, keuchend, mit offenem Mund. Er erwischte eine zurückgelassene Rübe, schon halb verfault. Als er hineinbeißen wollte, riß man sie ihm aus der Hand. Er zitterte vor Wut. Mit geballten Fäusten kniete er auf der Erde, tierische Laute ausstoßend, während ihm der Speichel aus den Mundwinkeln troff und die Luft süß wurde, klebrig und schwarz. Als er wieder zu sich kam, war das Feld kahlgefressen. Nachts im Waggon, als die anderen schliefen, stahl er seinem Nachbarn ein Stück Brot. Es war ein geschwätziger alter Mann, der noch im Traum vor sich hinbrabbelte und von Zeit zu Zeit die Luft mit einem dünnen, scharfen Pfeifen ausstieß. Dann fuhr Tarski jedes Mal zusammen, seine Nerven drohten zu versagen, während er mit einem Ausdruck von List an der verschwitzten Hemdtasche des Alten hantierte. Als er das Brot, halb zerkaut nur, hinuntergeschlungen hatte, preßte er sein Gesicht in beide Hände und weinte lautlos in sich hinein.

Tarski blieb stehen, inmitten eines Labyrinths aus Hausstümpfen und leeren Fensterhöhlen, in denen die Sterne erloschen. Er setzte sich auf seinen Koffer, dumpf vor sich hinbrütend, und vermied jede Bewegung, alles, was ihm seine leibhaftige Existenz ins Bewußtsein rief. Schon als Knabe war er so in seinem Spielzimmer gesessen, ohne sich zu rühren, stundenlang in die gleiche Ecke starrend, während Warja, die alte Kinderfrau, immer wieder beschwörend die in weiten grauen Ärmeln steckenden Hände zusammenschlug wie ein aufgescheuchter Vogel. Schließlich hatte sie sich aufs Geschichtenerzählen verlegt. Mit ihrem dunklen Singsang, der sich wie Teig um die Seele legte, hatte sie ihn in alte Märchen und Mythen gehüllt, so, wie der Pope ihn jeden Sonntag in betäubenden Weihrauch einhüllte, bis ihm ganz schwindelig wurde. Die goldene Kuppel verschwamm dann vor seinen Augen, und die frommen Ikonen lösten sich ganz langsam von ihren Wänden, neigten sich gegen ihn, immer tiefer und tiefer. Starr, dun-

kel und ernst gingen sie, wie Traumbilder, in ihn ein. Sogar die schwermütige Musik schien nur ein Teil von ihm selbst zu sein wie das heiße Fleisch seiner Schenkel oder sein Haar. Ihm war, als hörte er wieder die einsame Kapaunstimme des Vorbeters, über welcher der Chor in düsteren Wogen zusammenschlug. Tarski hob plötzlich den Kopf. Was er für bloße Erinnerung gehalten, war tatsächlich Musik. Ungezügelte, von einer wilden Freude geschüttelte Musik, die von irgendwoher in diese fahle, verwüstete Morgendämmerung brach, sie durchtobend, wie das Fieber einen kranken, zu Tode erschöpften Körper durchtobt. Aus dem Schlamm der Erinnerung wühlten sie das Bild seiner Kindersonntage auf: den in der Sonne feurig gewordenen Zwiebelturm, Hühnervolk, das vor dem auf der staubigen Landstraße dahinrollenden Vierspänner davonstob, festliche, nach Kampfer und Lavendel duftende Kleider, das komplizierte Zeremoniell der gegenseitigen Begrüßungen und inbrünstig wilden Gesang.
So war es vielleicht Heimweh, das ihn aufstehen und, zwischen fremden Ruinen irrend, den maßlosen Klängen einer Balalaika folgen ließ.

Er kam zu einem Haus, dessen Fassade kulissenhaft in den Nachthimmel ragte. In der Ecke nistete wie ein räudiges kleines Tier, sein Überleben laut und angstvoll in den leeren Raum hinausheulend, ein Nachtlokal. Da, als wäre seine Kehle schon wund, verstummte es jäh. Tarski wartete. Feucht und kalt kroch das Morgengrauen unter seinen dünnen Mantel. Er zündete ein Streichholz an und hielt es dicht an ein blutrotes Wappenschild, das schief von der Tür des Lokals herabhing. Automatisch versuchte er, es wieder in seine gerade Lage zu bringen. Doch es pendelte nur mehr lose an einem einzigen Nagel. Mit einem blechernen Geräusch schlug es an den Türpfosten zurück. „GROSSFÜRSTIN" las Tarski, dann versengte die bläuliche Flamme ihm die Haut unter den Nägeln. Fluchend schleuderte er das Streichholz weg und trat ein.

Sein erster Blick fiel auf den zersprungenen Kristalluster, der groß, blind und verstaubt unter der Decke schwebte, eine gefrorene Wolke. Das schwache Licht, das zwischen den schmierigen Wänden flackerte, kam von einer alten Petroleumlampe. Ein nacktes Mädchen tanzte. Sie war sehr klein, sehr schwarz und von einer bitteren, fast aggressiven Schönheit. Es war die Stunde der Verzweiflung: vier Uhr früh.

Betrunkene russische Offiziere lümmelten an den Tischen aus imitiertem Marmor, und Weiber klebten an ihnen wie große dicke Fliegen. Dazwischen lauerten Schieber, ölig und beflissen, auf das große Geschäft. Niemand achtete auf die Tänzerin, nur einer der Schieber, ein magerer, nervöser Mann mit goldenen Ringen und aschgrauem Gesicht, schlug mit dürren Händen geistesabwesend den Takt. Nun fielen andere ein, die Augen von Müdigkeit und Alkohol stier. Es klang wie eine Totentrommel. Doch das Mädchen konnte nicht aufhören. Je dumpfer das Klatschen, umso feuriger wurde

ihr Tanz. Wie eine Wahnwitzige drehte sie sich keuchend um sich selbst, die hellen Knabenbeine so heftig von sich schleudernd, als wäre der Sinn ihres Tanzes, sich selbst in Stücke zu zerreißen. Und als geriete sie in Verzweiflung, in immer wütendere Raserei darüber, daß ihr dies nicht gelang.
Nach und nach wurden die Männer des Klatschens müde. Wodka floß. Ein alter Russe mit einem Heiligengesicht sprang plötzlich auf und spuckte, von einem bellenden Schluchzen geschüttelt, sein Bild im fleckigen Spiegel an. Der Mann mit den goldenen Ringen gähnte. In diesem Augenblick schritt die „Großfürstin" durch ihr zerfallendes Reich.
Sie war kolossal. Von majestätischer Fülle überfließend, mit rotem, kühn und phantasievoll aufgetürmtem Haar, prächtigem Dekolleté und einem schaukelnden Bauch, der gewiß weich war und köstlich warm. Träg stieß sie den Balalaikaspieler, der betrunken in einer Ecke schnarchte, mit dem Fuß. Er drehte sich, grunzend wie ein Schwein, auf die andere Seite. Das Gesicht der Großfürstin füllte sich mit gleichmütiger Verachtung. Ein Gesicht, in dem alles groß war, unbekümmert und phantastisch gefärbt. Nun betrachtete sie Tarski, der, die dunkle Tänzerin unverwandt anstarrend, die Balalaika vom dreckigen Boden aufhob. „Laß die Kleine", warnte sie. „Der ist nicht mehr zu helfen. Kaputt!" Ihre Stimme klang voll und gedehnt. Tarski prüfte mit seinen vom langen Hungern häßlich deformierten Fingern das Instrument. „Woher kommst du?" fragte die Großfürstin, seinen armseligen Koffer abschät-

zend. Tarski machte eine Bewegung nach Norden. Das nackte Mädchen sank plötzlich in sich zusammen. Sie glich einer Puppe, deren Mechanismus zerbrochen war.
„Eingerückt?“ Tarski atmete das betäubende Parfum der Großfürstin und schüttelte den Kopf. „Nein“, sagte er kurz. „Interniert.“
Wieder krampfte sich die Kinderfaust um sein Herz, sah er die blauen Lippen in dem winzigen, ganz verrunzelten Gesicht, hörte das Schreien, welches sieben Tage und sieben Nächte gewährt hatte. Mit den schneidend scharfen Klängen der Balalaika versuchte er es zu übertönen, während die Geschichte, so monoton wie das Ticken einer Uhr, in ihm ablief, ohne Anfang und Ende.

Mein Kind wurde auf dem harten kalten Steinboden eines Lagers geboren. Es lebte nur sieben Tage und sieben Nächte lang. Seine Welt bestand aus wie Fische nebeneinander aufgereihten Häftlingen, vier grauen Wänden und einer schirmlosen Lampe. Diese Welt war von Gestank, Elend und Angst erfüllt. Und von Haß. Mein Kind hat niemals die Sonne gesehen, kein Eichhörnchen und keine Wiese. Es hat kein einziges Spielzeug besessen und nie einen Vogel singen gehört. Es war nie satt und nie warm. Von der Geburt bis zu seinem Tod hat es geweint. Ich werde niemals wissen, was ihm weh tat. Es starb, während wir schliefen. Sein winziger Leichnam war so kalt wie der Steinboden, auf dem es lag. Man packte es in Papier und warf es ins Massengrab.
Jaroslaw Tarski spielte, spielte weiter. Die Rus-

sen ließen die vollen Brüste der Weiber los und sangen mit. Ihre Stimmen glichen dem Bellen hungriger Wölfe in der Einsamkeit grenzenloser Schneefelder. Es war der Schmerz um eine für immer verlorene Heimat, der voll Wildheit in alten liturgischen Gesängen aus ihnen brach. Gewaltig schwollen feierliche Klänge von Hymnen und Makarismen in der heruntergekommenen Bar einer fremden, von ihnen selbst zerstörten Stadt.
ICH GLAUBE, spielte Tarski, und alle stimmten verzweifelt und hoffnungslos ein. JAUCHZET DEM HERRN! Aber ihr Jauchzen war das langgezogene nächtliche Heulen ziellos in der weiten Ebene umherschweifender Tiere, von Angst, Kälte und Einsamkeit zu Herden zusammengedrängt. Herden, über denen kein Hirte mehr wachte, nur Hunde. ALLERHEILIGSTE GOTTESGEBÄRERIN . . .

„Es ziemt sich wahrhaftig, Dich, Gottesgebärerin, zu loben,
Die Du ewig selig und unbefleckt die Mutter bist unseres Gottes:
Ehrwürdiger als die Cherubim
Und ruhmreicher ohne Vergleich als die Seraphim;
Die Du ohne Versehrung Gott das Wort gebarst,
Wahre Gottesgebärerin, wir preisen Dich!“

Die Tür ging auf, und ein knapp mittelgroßer älterer Herr trat ein. Er trug einen kleinen, sorgfältig gepflegten grauen Spitzbart und zum Abendmantel Glacéhandschuhe sowie einen weißen Seidenschal. Die Atmosphäre der Oper war um ihn, aber es gab keine Oper mehr. Wo sie einst gestanden, wühlte der Wind nichts als Staub, Wolken von Staub, aus apokalyptischen Ruinen.

Der fremde Herr blieb neben der Tür stehen, neigte den Kopf und wartete, den schwarzen Hut an sich gepreßt. Seine Haltung war untadelig und erinnerte an ein Begräbnis. Es war seltsam, daß seine Erscheinung, würdig und still, alsbald den Raum beherrschte. Sie dämpfte das Licht, erstickte die Geräusche und bemächtigte sich aller wie eine schleichende Lähmung. Spiel und Gesang waren sogleich bei seinem Eintritt verstummt. Die Großfürstin näherte sich dem nackten Mädchen, das sich widerstandslos, mit hängenden Armen, hinter einen schäbigen Vorhang abführen ließ.

Als bemerkte er den Zwischenfall nicht, nahm der neue Gast an einem Tisch dicht neben Tarski, der noch immer die Balalaika in seinen Händen hielt, Platz. Er blickte niemanden an. Sein Gesicht war höflich, traurig und müde. Als die Großfürstin kam, bestellte er Wodka für die Musik. Er selbst trank nichts.

Tarski machte eine tiefe, ironische Verbeugung. „Jaroslaw Tarski“, stellte er sich vor. „Ich bin Arzt.“

„Verzeihen Sie vielmals“, murmelte der kleine Herr. „Mein Name ist Bittner. Es wäre mir ein Vergnügen —“ In diesem Augenblick kam das Mädchen zurück, in roten Samt gekleidet und totenblaß. Bittner küßte ihr schweigend die Hand. Dann, nach einer kaum merklichen Pause: „Meine Frau —“

Sie schrie fast vor Lachen. Es klang unnatürlich und peinlich, auch mußte sie getrunken haben, denn plötzlich klammerte sie sich, das Gleichgewicht verlierend, am Arm ihres Gatten fest.
„Weißt du, was er gespielt hat?“ Ihre schwarzen Augen blitzten, und sie riß Tarski die Balalaika aus der Hand.
Nun überstürzte sich alles, geschah so schnell, daß niemand mehr eingreifen konnte. Als wäre es aus Feuer, ließ sie das Instrument fallen und trat es mit ihren Füßen. Stampfte, wobei ihr Gesicht sich vor Haß verzerrte, darauf herum, daß das Holz splitterte und ächzte. Im nächsten Moment war alles vorüber. Verstört blickte sie um sich.
„Verzeihen Sie“, stammelte sie. „Ich weiß nicht, warum ich das getan habe. Ich weiß es wirklich nicht!“ Angst schwang in ihrer Stimme. Sie konnte kaum neunzehn sein.
Max Bittner bezahlte den Wodka und die zerbrochene Balalaika. Schweigend begleitete Tarski das Paar zur Tür und sah ihnen nach, bis sie sich langsam in einem glanzlosen Zwielicht verloren.

Die rote Puppe

BIS zum Herbst hauste Tarski in einer Ruine. Sein Zimmer — mit brauner Tapete, Spitzen und Klavier — hing über dem Abgrund, aus welchem das grüne Fleisch des Unkrauts immer gieriger emporwucherte. Zuweilen starrte er stundenlang in diese atmende, zukkende, lebendige Tiefe. Ihre unsägliche Fremdheit bedrohte ihn. Gleichzeitig wurde er bis zur psychischen Ausschweifung von ihr hypnotisiert. Eine schwer zu beschreibende Liederlichkeit haftete diesen Zuständen an, und wie auf eine Orgie folgte ihnen die nervöse Schwäche, eine von Trauer und Scham erfüllte Ermattung. Einmal träumte er, daß die grüne Wildnis sich ihm lautlos näherte. Unaufhörlich durchstieß sie die dünne, vertraute Oberfläche der Erde und quoll, kroch, wälzte sich von allen Seiten blind auf ihn zu. Nackte, von undeutbar fremdem Leben bewegte Masse brach in ihn ein, ihn würgend, einsaugend, unmerklich verwandelnd in etwas anderes.

Er erwachte mit einem Schrei. Der Himmel war voll von Sternen. Durch die zerbrochene Wand seines Zimmers rieselte sanfter Mondschimmer. Wie Staub sank er auf alle Dinge und nahm ihnen ihre schmerzlich genaue Gegenwart.

Tarski schlang beide Arme um seine Knie. Die Nächte wurden immer kälter. Aus der Tiefe seines Herzens rief er die dunkle alte Stimme

Warjas zurück. In die knisternde Wärme ihrer wunderlichen Märchen gehüllt, schlief er wieder ein. Die Detonation mehrerer rasch aufeinander folgender Schüsse entblößte ihn nahezu körperlich. Warjas Stimme erreichte ihn nicht mehr, ihre Geschichten schrumpften zusammen. Sie waren auf einmal kindisch und lächerlich falsch.
Tarski richtete sich steil auf. Angespannt horchte er. Nichts. Kein einziger Laut, nicht das nebensächlichste Geräusch, welches die Spannung lösen, das unsichtbare Ereignis kommentieren, begrenzen, abschwächen konnte. Nur die kaum noch zu ertragende Last einer völlig unpersönlichen, mechanischen Stille. Und am nächsten Morgen eine kleine Blutlache auf den Steinen. Bei der herrschenden Kälte trocknete sie lange nicht ein.

Bei Tag irrte Tarski, vom Hunger getrieben, oft stundenlang durch die Straßen. Seine Augen waren zwei einsame Jäger. Erspähten sie die Beute, dann konnte es geschehen, daß sie in plötzlicher Grausamkeit aufleuchteten. So tauchte er immer wieder aus den Scherben der Stadt: groß, hochmütig, ausgezehrt.
Es war an seinem dreiunddreißigsten Geburtstag, als er die Einsamkeit nicht länger ertrug. Er kauerte in der Ecke seines Zimmers. Draußen schien eine Sonntagssonne und grenzte die helle, von Spaziergängern wimmelnde Welt scharf gegen ihn ab. Liebespaare hielten einander an den Händen. Bekannte grüßten sich, tauschten Worte. Und erst die Familien! Vielköpfige Monstren, krochen sie in der Sonne

und ließen überall die schleimige Spur ihres warmen, fleischigen Selbstgenügens zurück. Gewiß, sie verabscheuten einander. Aber wie sie sich liebten. Wie sie sich liebten.
Ihnen nachstarrend, vergrub Tarski die scharfen Zähne in seinem Arm. Nun hob er mit einem Ausdruck von List den Kopf und erzeugte bei fest zusammengepreßten Lippen plötzlich das hohe, klägliche Wimmern eines Kindes. Dann, mit seiner gewöhnlichen Stimme: „Es weint. Hast du ihm zu trinken gegeben?" Und er streichelte die leere Luft.
Eine weiche Frauenstimme antwortete: „Ja, Liebster!"
Tarski schloß die Augen. Als Knabe war er ein glänzender Stimmenimitator gewesen. Seither hatte er diese kleine Kunst ganz vergessen. Er fühlte, wie er am ganzen Leib zitterte.
„Du hast heute Geburtstag, Jaro. Ich kann dir nichts schenken."
„Macht nichts, Ljuba. Daß du nur wieder da bist! Hat — hat er dich schlecht behandelt?"
„Du Dummer! Siehst du die Perlen? So. Jetzt hab ich die Schnur zerrissen. Wie sie fallen! Als ob es hagelte. Ist dir kalt?"
„Jetzt, wo du zurückgekommen bist, werde ich die offene Wand zumauern. Mit Steinen. Das Kind muß es warm haben."
„Ja, Liebster. ich bin so froh, daß es wieder gesund ist! Damals dachte ich, es sei tot. Nur deshalb bin ich fortgegangen. ‚Ljuba', hat er zu mir gesagt: ‚Sie wissen genau, daß ich der einzige bin, der Sie aus dem Lager herausbringen kann. Was gibt es da noch zu überlegen?' Als ich von dir anfing, hat er gelacht. Kannst du

dich noch erinnern? Er hat immer so ein herzliches Lachen gehabt. Sogar wenn er die Leute folterte. Mir hat vor diesem Lachen gegraut. Und vor seinen roten, gesunden Backen."
„Hör jetzt auf, Ljuba. Komm! Rück näher zu mir. Wir wollen nicht mehr daran denken."
„Ich kann nicht aufhören, Jaro. ‚Stellen Sie sich nur so?' hat er, noch immer lachend, gefragt. Ich: ‚Stellen — wie?' Und er: ‚Nun, als würden Sie es nicht bemerken, daß Ihr Mann nicht mehr mit Ihnen spricht. Seit das Kind tot ist, hat er kein einziges Wort, nicht das kleinste Wörtchen, zu Ihnen gesagt. Er schaut Sie immer nur an. Muß ein komisches Gefühl sein, den ganzen Tag lang so angestarrt zu werden. Und womöglich auch in der Nacht. Sie schlafen, und er starrt Sie an. Sie machen die Augen auf, und —'"
„Ljuba. Ljuba, um Gottes Willen!"
Draußen ging die Sonne unter. Versank prunkend in einer zerbrochenen Straße. Mit einem sonderbaren Lächeln schaukelte Tarski seine leeren Knie. Das Zimmer färbte sich allmählich rot.
„Ich bin schuld, daß es starb. Ich weiß ja, daß ich schuld daran bin. Aber er hat zu mir gesagt: ‚Nein! Sie können nichts dafür, daß keine Milch kam.' Bei diesen Worten legte er beide Hände auf meine Brust. Das war das erste Mal, daß er so etwas tat. Und ich —"
„Ja, Ljuba?"
„Ich hatte Angst vor dem Augenblick, in dem er seine Hände wieder fortnehmen würde. Er muß das gewußt haben. ‚Gehen Sie jetzt', hat er gesagt. So, als würde er zu jemand ganz Frem-

dem sprechen. ‚Ich habe zu tun. Morgen bringe ich Sie dann aus dem Lager. Sie werden bei mir bleiben.'"
„Man hat ihn eingesperrt, nach dem Krieg. Er hat sich in seiner Zelle erhängt. Das ist fast zwei Monate her. Ich habe dich täglich erwartet, Ljuba."
„Ich versteh nicht, warum er das getan hat. Er wäre freigesprochen worden. Ich hätte für ihn ausgesagt. Ich . . ."
„Was machst du denn? Ljuba, du weinst? Ljuba! Ljuba!"

An einem nebligen Herbstnachmittag überquerte Tarski die Marienbrücke, unter der das schmutzige Wasser des Donaukanals lautlos und eilig hinwegglitt. Dünner Regen fiel. Schreiend umflatterten ein paar halbverhungerte Möwen eine Gestalt am Geländer. Es war ein häßlicher, gnomenhaft wirkender Mensch, der die Vögel aus den Taschen seines weiten grünen Mantels fütterte. Sie schienen ihn schon zu kennen, denn gierig ließen sie sich immer wieder auf seinen Schultern und Armen nieder, lauernd, heimtückisch, einander jede Krume abjagend.
Eine besonders große und schöne Möwe flog mit ihrem Raub davon. Zwei andere folgten ihr und zwangen sie, die Beute fallen zu lassen. Vielleicht eine Sekunde lang lag der Brocken auf dem nassen Geländer. Tarski schnappte danach, aber die Möwe war schneller. Unter zornigem Gekreisch holte sie ihr Eigentum.
Tarski starrte auf seine noch immer ausgestreckte Hand. Zuckend, unförmig, mit schwar-

zen Haaren bewachsen, erschien sie ihm wie ein Tier. Ein fremdes, Abscheu und Grauen einflößendes Tier, das er sich vom Leib halten mußte. Sobald er es an sich heranließ, war er verloren. Verloren.
„Haben Sie Hunger?" fragte der Mann im grünen Mantel. Seine Stimme war unangenehm hoch. Er griff in die Tasche, und Tarski, halb besinnungslos, verschlang jeden Bissen, den der andere ihm bot. Das blasse, fleischige Gesicht des Fremden verschob sich zu einem sanften und vertraulichen Lächeln. Und während der ganzen Zeit wurde Tarski von den Möwen bedrängt, sie schlugen wütend mit ihren Flügeln und hackten mit roten Schnäbeln nach ihm. „Die armen Tiere", flüsterte der Gnom. „Oh diese armen Tiere!"
Dabei näherte er sein Gesicht allmählich dem Tarskis und blickte ihn unentwegt mit einem Ausdruck stumpfsinniger Zärtlichkeit an. Kein Zweifel, dieser Mensch liebte jegliche Kreatur, oder vielmehr: ihren Jammer! Mit brünstiger Liebe verfolgte er jedes Elend, jede Erniedrigung. Seine Barmherzigkeit war unzüchtig und ohne Scham. In seinen unnatürlich hellen, blinzelnden Augen lauerte eine ganz bestimmte Erwartung. Tarski hielt den Atem an. Ihn schwindelte. Er holte gewaltsam aus und schlug den anderen in das sanfte, lächelnde Gesicht. Der Fremde taumelte und streckte, einen Halt suchend, plötzlich beide Arme nach Tarski aus. Dieser fing den alten Körper auf, der so leicht war wie der eines Kindes. Und wie ein verängstigtes Kind zitterte er nun. Jesus, murmelte Tarski. Er stürzte davon, von

Zeit zu Zeit verworrene Worte ausstoßend, deren Sinn er nicht mehr erfaßte. Es regnete jetzt in Strömen. Ohne daß Tarski es verhindern konnte, erzeugte sein Gehirn völlig selbsttätig eine Reihe unsauberer Assoziationen. Wie Blasen stiegen die widerlichsten Bilder in ihm auf und zerplatzten auf seiner Haut, die weder Schutz noch Begrenzung mehr war. Denn pausenlos setzte die Welt sich an ihm an wie eine Flechte, und es gab keine einzige Stelle, an der er nicht von ihr entzündet war.

Er gedachte der Freiheit, sich selbst durch eine klare Entscheidung jederzeit in Nichts zu verwandeln. Wissend, daß er unfähig war, eine klare Entscheidung zu treffen. Der Sprung in das gleichgültig unter ihm dahinströmende Wasser wäre nicht mehr als ein trüber Impuls, der sich schon im Augenblick, da er ihm nachgab, in sein Gegenteil umkehren würde. Seine Krankheit war die Angst vor der Entscheidung. Sie schloß ihn ein in das gespenstische Niemandsland zwischen Leben und Tod.

Tarski erinnerte sich plötzlich an seinen fünften Geburtstag. Mama war, wie fast immer, im Süden. Vater kam gleich nach dem Frühstück ins Kinderzimmer, beide Arme voll mit Geschenken. Ganz deutlich sah er wieder das blasse, abgezehrte Gesicht, das sich so traurig hinter dem martialischen Schnurrbart verbarg. Unter den Geschenken befand sich ein kleiner roter General. Wenn man ihn aufzog, paradierte er im Stechschritt, was überaus possierlich anzusehen war. In hellem Entzücken zog Jaro ihn immer wieder von neuem auf. Da passierte das Unglück. Der Knabe hatte ihn wohl

zu nahe der Tischkante aufgesetzt. Denn auf einmal verlor der kleine General den Boden unter den Füßen und stürzte in die Tiefe. Und nun geschah etwas Merkwürdiges: Er blieb nämlich nicht zerschmettert da unten liegen, wie das natürlich gewesen wäre – der Knabe hätte dann um ihn geweint. So aber schrie er laut auf! Schrie, während die rote Puppe, als hätte nichts sich verändert, im Leeren paradierte. Ruckartig bewegte sie sich immer weiter, geradeaus, auf die weiße Wand zu.
Genau wie er selbst: Jaroslaw Tarski.

Die tote Straße

TRÜB und grau sickerte der November in die Stadt ein. Tarski hatte seine Ruine verlassen und arbeitete seit drei Wochen in einem Spital. Bedeutete dies eine Entscheidung? Oder war es der sinnlose Gang einer vor dreiunddreißig Jahren aufgezogenen Puppe. Er wußte es nicht.

Die Tage wurden jetzt immer kahler. Bleiches Licht drang durch die nackten Fensterscheiben in den großen Krankensaal und stellte alles, die gelben Gesichter und spitz aus den dünnen Bettdecken stechenden Knie, die zaghafteste Sehnsucht, das Leibgeschirr und den Tod gleichgültig zur Schau. Geistliche Schwestern in Hauben, die wie riesige Fledermäuse auf ihren runzligen Köpfen saßen, bewegten sich mit trockenem Rascheln zwischen den Betten. Die Visite war vorüber.

Tarski trat an eines der Fenster. Lang und grau dehnte sich die Straße unter ihm; die tote Straße, wie er sie mit wachsendem Unbehagen nannte. Tatsächlich hatte man den Eindruck, als sei alles Leben aus ihr gewichen. Nur selten schlich einmal ein Mensch dort unten vorbei, mit angezogenen Schultern, den Kopf vogelhaft vorgestreckt; vor dem Geräusch der eigenen Schritte erschreckend. Ein Sanitätswagen glitt um die Ecke und hielt mit leisem Knirschen an.

„Herr Doktor, die Spritze für Nummer zehn!"

Tarski fuhr herum. Die Oberschwester stand dicht hinter ihm. Sie war so groß, daß ihr strenges graues Gesicht auf gleicher Höhe war wie das seine. Schon seit geraumer Zeit hatte er das unangenehme Gefühl, von ihr beobachtet zu werden. Ein Verdacht, der umso beklemmender war, als er keinen wirklichen Beweis hatte. Während er die Injektion verabreichte, bemühte er sich, ihren Schatten nicht zu bemerken, der starr auf das weiße Bett fiel.

Nummer zehn war ein beinamputierter, etwa fünfjähriger Junge. Seine Familie war wenige Tage vor dem Zusammenbruch nach dem Westen geflüchtet. Das Chaos war damals allgemein. Tausende Menschen stürmten in panischer Angst den letzten Zug. Es kam zu den abstoßendsten Kämpfen. Jene Familie, die Eltern und eine fast erwachsene Tochter, zählten zu den Glücklichen, welche die Stadt noch verließen. Irgendwo auf der Strecke mußten sie dann gemerkt haben, daß der Knabe zurückgeblieben war. Bezüglich der Szene im Zug war man auf Vermutungen angewiesen, denn die Familie war bisher nicht nach Wien zurückgekehrt. Es war, als versuchten sie alle, dieses Kind zu vergessen.

Unverwandt blickte der Knabe den jungen Arzt an. Er war ein so geduldiger Patient. Aber selbst Tarski wich seinem blassen, lächelnden Gesicht aus. Seit man ihn blutend und verstümmelt von den Schienen gehoben, wollte niemand ihn haben. Es war, als ginge ein Grauen von seiner sanften, humpelnden Gestalt aus.

Tarski trat auf den Gang hinaus. Sein Dienst war zu Ende. Böse surrend wie ein riesiges

Insekt glitt der Aufzug nach oben. Im Bruchteil einer Sekunde nahm der Arzt zwei Menschen wahr, vom breiten Rücken des Wärters wie von einer Schneewehe zugedeckt: eine sehr junge Frau, offenbar in einem fürchterlichen Zustand, und ihren Begleiter. Der Anblick rief einen scharfen, unerwarteten Schmerz in ihm wach. Umsonst versuchte er, einen Zusammenhang zu finden, sich zu erinnern, während der Aufzug über ihm mit einem dumpfen Geräusch stehen blieb.
Fröstelnd zog Tarski sich in sein Zimmer zurück. Vier kahle weiße Wände schlossen ihn ein. Der ganze Raum war von einer trostlosen Sachlichkeit, zweckmäßig und anonym selbst das schwarze Kreuz, vor dem er von Zeit zu Zeit verzweifelt zu beten versuchte.
Sein Herz war gelähmt. Wie leere, trockene Hülsen sprangen die Worte von seinen Lippen: „Vater unser, der Du *bist* . . ." Er vergrub sein Gesicht in den Händen. Und wartete. Wartete.
Hatte er mit dem Namen Gottes denn nicht von Anfang an sich selber gerufen? Nicht Gott! Er selbst war tot, seit keine Antwort mehr kam. Mechanisch drehte die Welt sich um ihre eigene Achse. Sie war so einsam und leer wie er selbst. Der unheimliche Prozeß ihrer Auflösung ereignete sich *in ihm.* Er hatte alles zum Leben erweckt. Nun erfaßte sein Sterben die ganze Welt, ein Kosmos verfiel wieder zum Chaos. In der gemeinsamen Verwesung kommunizierte er zum letzten Mal mit ihr.
Die Liebe zur Welt, vor der er zugleich Angst und Ekel empfand, verheerte ihn wie eine Krankheit. Sie war der Ruf ohne Antwort. Die

Stimme in der Wüste. Aber ehe sie verhallt war, würde der *neue Mensch* aufstehen und die Welt wieder erschaffen. Eine andere Welt. *Seinen* Kosmos.

Würde er, Tarski, diesen neuen Menschen erkennen? Würde er Zeugnis für ihn ablegen, wie vor zweitausend Jahren der Täufer für den gezeugt hatte, von dem er sprach: „Nach mir kommt einer, der stärker ist als ich. Er muß wachsen, ich aber muß abnehmen."

„Ich muß abnehmen", flüsterte Tarski. „Abnehmen . . ."

Mirjam

AM nächsten Tag ereignete sich ein während der ganzen Geschichte des Krankenhauses noch nicht dagewesener Skandal. In seinem Mittelpunkt stand die neue, in einem maßlosen Abusus in Venere et Baccho eingelieferte Patientin.

Ihr Begleiter, ein überaus ruhiger und besonnener älterer Mensch — es gab übrigens ein großes Rätselraten über die Natur ihrer doch offensichtlich bestehenden Beziehung zueinander —, ihr Begleiter hatte also nicht nur erste Klasse für sie bezahlt, sondern darüber hinaus noch eine beträchtliche Summe für zusätzliche Erleichterungen zur Verfügung gestellt. Danach hatte er sich allerdings nicht mehr von der jungen Person verabschiedet, obwohl sie ihn dringend durch eine Schwester rufen ließ, sondern war still die Treppe hinuntergegangen, ohne sich auch nur ein einziges Mal umzudrehen.

Aus einem nicht näher bekannten Grund betrat nun die Oberschwester am nächsten Nachmittag, die Dämmerung war schon hereingebrochen, das Zimmer Nr. 17 (mit Aussicht auf einen trostlos entblätterten Garten), in welchem die neue Patientin lag. Eine halbe Stunde später verließ sie es mit einem sonderbar erhitzten Gesicht. Aber erst nach weiteren zwanzig Minuten (niemand wußte, wo sie sich während dieser Zeit aufgehalten hatte)

erschien sie, grau und streng wie gewöhnlich, beim Chefarzt und verlangte mit dürren Worten die Entlassung von Nummer 17. Sie deutete, übrigens vollkommen ruhig, an, Nummer 17 habe weder die Natur noch ihr geistliches Kleid respektiert und eine Annäherung an ihr vorzunehmen versucht, deren Beschreibung die Würde ihres Standes verbiete.
Der Chefarzt, ein eher kleiner, beleibter und gutmütiger Mensch, der hervorragende chirurgische Fähigkeiten mit einer nur mittelmäßigen Intelligenz durchaus harmonisch vereinigte, unterdrückte mit Mühe sein Vergnügen. Vermutlich war es eine Folge seiner Indiskretion, daß die Geschichte durchsickerte. Man fand sie allgemein grotesk. Doch in das etwas zu laute Gelächter schlich sich ein eigentümliches und nicht zu definierendes Unbehagen ein.
So war die Situation, als Tarski zur allgemeinen Überraschung (und auch unerwartet für ihn selbst!) den Wunsch aussprach, die Betreuung der Patientin zu übernehmen. Da er einen einflußreichen Verbündeten im Anstaltsgeistlichen, einem leidenschaftlichen Seelenfänger, gewann, der auch die Oberschwester als Beichtvater zu beruhigen verstand, einigte man sich schließlich auf einen Versuch.
„Aber nur, solang keine Scherereien passieren!" erklärte der Chefarzt, nun doch nervös werdend, und fuhr mit seinem bemerkenswert kurzen, dicken Zeigefinger ein paarmal gebieterisch durch die Luft. „Scherereien wünsche ich nicht!" Damit drehte er sich um und ging mit kleinen, federnden Schritten davon.

Tarski starrte ihm, von einer plötzlichen Unruhe erfaßt, nach.

Es war Abend, als er zum ersten Mal ihr Zimmer betrat. Völliges Dunkel schlug ihm entgegen, so daß er auf der Türschwelle zögerte. Vielleicht schlief sie schon. Nun spürte er auf einmal ganz deutlich ihren Blick.
„Machen Sie kein Licht", bat sie leise. „Warten Sie noch!" Ihre Stimme klang kindlich und traurig.
„Was soll das heißen?" fragte er scharf und tastete nach dem Schalter.
„Nein!" rief sie angstvoll. „Nein, tun Sie es nicht! Bitte! So warten Sie doch . . ."
Tarski fand endlich den Schalter und drehte das Licht an. Blinzelnd wendete er sich nach dem Bett um. Sie lag regungslos da und hatte beide Hände vor ihr Gesicht geschlagen. Er konnte nur ihr wirres schwarzes Haar sehen und eine runde, entblößte Schulter.
„Hören Sie", sagte er: „Wenn Sie schon wieder Geschichten machen —" Und mit einer heftigen Bewegung riß er ihr die Hände vom Gesicht. Es war tränenüberströmt.
Er erkannte sie sofort. Ja, mehr noch, er war nicht im mindesten überrascht. Die ganze Zeit über mußte er genau gewußt haben, daß *sie* es war, schon, als sie im Aufzug an ihm vorüberglitt. Wie war es ihm nur gelungen, sich selbst so zu täuschen?
Unter halb geschlossenen Augenlidern beobachtete sie ihn voll Haß. Merkwürdigerweise begriff er sogleich, daß es nur ihre Tränen waren, deren sie sich schämte. Obwohl es,

weiß Gott, genug andere Ursachen gab. Sie aber fühlte sich von ihm ertappt, schon zum zweiten Mal ertappt bei einer Handlung, die ihr ganzes Wesen in Widersprüche zu verwikkeln schien. Auch damals, als sie die Balalaika mit ihren Füßen zertrat, hatte sie ihn nur wegen seiner zufälligen Zeugenschaft blindlings gehaßt. Er betrachtete sie aufmerksam. Trotz aller Verwüstungen, die sie mit sich selbst angerichtet hatte, war ihr auffallend blasses Gesicht von seltener Schönheit. Die schwarzen Augen standen etwas zu eng beisammen, was ihr einen eigentümlichen, finsteren Zauber verlieh. Er erinnerte sich der Worte der Großfürstin in der Nacht seiner Ankunft, damals, als sie nackt vor allen getanzt hatte: „Laß die Kleine. Der ist nicht mehr zu helfen. Kaputt!"

„Wenn Sie mich behandeln, werde ich nicht bleiben", stieß sie plötzlich hervor. „Nicht einen einzigen Tag bleibe ich hier! Haben Sie mich verstanden? Warum starren Sie mich denn so an?"

Winzige Schweißperlen traten auf ihre Stirn. Sie zitterte.

Tarski gab ihr ein starkes Beruhigungsmittel, und sie widersetzte sich nicht. Vielmehr ließ sie nach diesem letzten Ausbruch alles willenlos mit sich geschehen. Ein großer, im Garten verirrter Vogel schlug mit seinen Flügeln ein paarmal ans Fenster. Nun rutschte er taumelnd ab. In der folgenden Stille tauchte weiß und leuchtend der Mond aus den Wolken.

Am frühen Morgen begab Tarski sich in die

noch leere Kanzlei und hob die Karteikarte der neuen Patientin aus. Es war ziemlich dunkel, so daß er die Karte dicht an seine Augen heben mußte, als er die Personalien las. Sie hieß Mirjam Bittner, war verheiratet und wurde übermorgen neunzehn Jahre alt.
Nachdenklich, mit der Stimme ihn prüfend und gleichsam betastend, wiederholte Tarski den Namen: Mirjam.
„Sie ist vom Teufel besessen!" flüsterte jemand, und Tarski fuhr herum. Die Oberschwester stand in der Tür, groß, streng, hager. Ihre kalten blauen Augen verrieten nicht die geringste Erregung. „Eine Besessene", wiederholte sie langsam.
Tarski unterdrückte nur mühsam ein Lächeln. Er fühlte sich plötzlich erleichtert und auf eine geradezu übermütige Weise jung. „Das interessiert mich", rief er mit geheucheltem Ernst. „Sehen Sie — gewissermaßen fühle ich mich für sie verantwortlich. Wenn Sie mir also irgendwie helfen können?" Und er wartete begierig.
„Ich war bei ihr", sagte die Oberschwester ruhig. „Ihr Mann hat mich darum gebeten. Er fürchtete, sie würde sehr unglücklich sein."
Sie schwieg, und Tarski blickte sie gespannt an. „Warum?" fragte er lauernd. „Warum fürchtete er das?"
Aber die Oberschwester beachtete seine Frage nicht. „Ich habe mit ihr gesprochen", sagte sie. „Sie schien vernünftig. Sie bereute. Bereute alles. Ich machte ihr das Kreuzzeichen. Kniete an ihrem Bett nieder und fing an zu beten. Und da, während ich für sie betete . . ." Sie brach auf

einmal ab. Ihr starres Matronengesicht überzog sich mit einer dünnen, fleckigen Röte.
Tarski beobachtete sie. Seine Augen saugten sich mit einem beinahe grausamen Ausdruck an ihr fest. So ein kleiner Satan! dachte er und lächelte komplizenhaft. „Ja —?“ fragte er lokkend. „Was geschah dann?“
Die Oberschwester wurde noch röter und dann, scheinbar ohne jeden Übergang, leichenblaß. Er senkte den Blick. Ich habe das Spiel zu weit getrieben, dachte er unzufrieden. Ganz entschieden zu weit.
„Ich kann es nicht sagen“, murmelte die Oberschwester. „Sie ist . . .“
„Vom Teufel besessen!“ ergänzte Tarski, der sich nicht mehr beherrschen konnte. Sein ganzes Gesicht zuckte.
„Vom Teufel, ja. Aber nicht mit Klauen und Hörnern!“ Sie maß ihn kalt. „Ich weiß, daß Sie sich über mich lustig machen. Ich habe es die ganze Zeit über gewußt. Aber ist dieser Ausweg nicht zu —“ Sie zögerte. Das Zimmer wurde jetzt von Minute zu Minute heller. In ihrer weißen Tracht glich sie einer Erscheinung. „— Zu einfach?“ Sie stellte die Frage mit einer ganz besonderen Betonung und sah ihn dabei voll an.
In diesem Augenblick begann die alte Glocke in der Kapelle zu läuten. Vom Gang her vernahm man die huschenden Schritte der zur Morgenmesse eilenden Nonnen.
Die Oberschwester blickte Tarski noch immer unverwandt an. Sie muß einmal schön gewesen sein! fuhr es ihm durch den Kopf. Aus irgendeinem Grund wurde ihm immer unbe-

haglicher zumute. Als sie nun sprach, klang ihre sonst eher scharfe, metallische Stimme so heiser und schwach, daß er sie nur mit der größten Mühe verstand:
„Nachts gehe ich fast immer durchs Haus. Zufällig kam ich dabei heute an ihrem Zimmer vorbei. Ich hörte sie schreien —"
„O nein!" unterbrach er sie spöttisch. „Sie kamen keineswegs zufällig vorbei. Warum schlichen Sie vor ihrer Tür herum? Was wollten Sie von ihr?"
Sie keuchte plötzlich. Die Augäpfel traten hervor, während ihr Mund sich zu einem bösen Lächeln verzog. Die letzten Glockenschläge brachen mit unvermittelter Heftigkeit in den Raum ein.
„Rasch! Rasch!" zischte die Oberschwester und raffte mit einer zimperlichen Altweiberbewegung ihre Röcke. „Ich muß in die Messe!" Und wie eine Gehetzte lief sie mit großen, plumpen Schritten davon. Tarski erblickte zum ersten Mal ihre derben, furchtbar abgetretenen Stiefel. Ein Schnürriemen war aufgegangen und schleifte seltsam hüpfend auf dem Fußboden nach. Das Ganze wirkte im höchsten Grad lächerlich.

Benommen blieb Tarski zurück. Sein Herz war unerträglich schwer. „Diese Kreatur", murmelte er. „Diese arme Kreatur!" Er lachte geistesabwesend. Die Glocke verklang und entblößte ein ungeheures Schweigen. „Mein Gott, es gibt keine Hoffnung. Gar keine Hoffnung", wiederholte er mehrere Male hintereinander, ohne zu wissen, wovon er eigentlich sprach.

In derselben Nacht war übrigens etwas völlig Unerklärliches passiert: Jemand hatte eine brennende Zigarette auf dem Beinstumpf des kleinen Jungen von Nummer 10 ausgedrückt.
Nummer 10 war eigentlich ein Zweibettzimmer, eine Vergünstigung des Chefarztes, der Kinder nicht gern im großen Krankensaal sah. Doch ereignete sich gegen Abend ein Exitus. Man hatte die Leiche — einen schönen alten Mann, dessen weißer Bart die krankhaften, ekelerregenden Veränderungen seines Halses verbarg — auf den Gang gestellt. Dorthin war ihr der Knabe auf seinen Krücken gefolgt.
Wohl eine Stunde lang konnte man ihn, unbeweglich auf demselben Fleck stehend, sehen, die weit geöffneten Kinderaugen mit großem Ernst auf den Toten gerichtet. Schließlich schickte ihn die Stationsschwester schimpfend und scheltend ins Bett.
Während dieser Nacht schlief er allein. Da sein Besucher in der Dunkelheit kam und kein einziges Wort sprach, schien eine Identifizerung so gut wie unmöglich zu sein.
Als die Stationsschwester die grausige Entdekkung machte, waren alle anderen Nonnen schon bei der Morgenmesse. Schrill und ekstatisch hallte ihr Gloria durch das Haus.
Tarski trat gerade aus der Kanzlei, als die Stationsschwester auf ihn zustürzte. Er hörte ihrem aufgeregten, etwas zusammenhanglosen Bericht aufmerksam zu. Auf dem Weg ins Krankenzimmer verbot er ihr mit ungewöhnlicher Schärfe, den Vorfall irgend jemandem gegenüber zu erwähnen, da man, wie er erklärte, eine schädliche Unruhe und Panik-

stimmung unter allen Umständen vermeiden müßte.
Der Knabe lag blaß und sehr still in den Kissen. Nicht der leiseste Laut kam von seinen Lippen, als Tarski die kleine runde Brandwunde behandelte. Seine Geduld war fast ein wenig unheimlich. Nachdenklich strich ihm der Arzt über das blonde, flaumige Haar. Es wäre ihm lieber gewesen, das Kind hätte geweint.

Anschließend begab Tarski sich nach Nummer siebzehn. Mirjam schlief noch. Sie sah unglaublich jung aus. Ihre Atemzüge gingen leicht, sie lächelte. Trotzdem hatte sie die Lippen fest zusammengepreßt. Tarski fixierte ihre Augenlider, die kaum merklich flatterten. Feindselig tickte die Uhr auf dem Nachttisch. Eine weiße Morgensonne geißelte die Fenstergläser mit eiskaltem Licht.
„Haben Sie heute nacht Ihr Zimmer verlassen?"
Sie schwieg.
„Antworten Sie!" Seine Stimme klang scharf. „Wo sind Sie gewesen?"
Erst jetzt schlug Mirjam die Augen auf, ganz langsam, und sah ihn erstaunt an. „Wieso?" stammelte sie verwirrt. Und dann, scheinbar erleichtert: „Oh, Sie sind es! Ich habe geträumt. Geträumt ..." Sie zitterte plötzlich. Nun, sich aufsetzend: „Heute nacht? Warten Sie — Aber haben Sie mir denn nicht ein Mittel gegeben?" Sie fuhr sich mit der Hand über die Stirn. „Ich habe Kopfschmerzen", klagte sie.
Natürlich, jetzt erinnerte er sich wieder. Er hatte ihr am Abend vorher ein sehr starkes Beruhigungsmittel gegeben. Man konnte zwar

nie genau wissen, wie lange die Wirkung anhielt. Und die Aussage der Oberschwester? Sie hatte Mirjam in der Nacht schreien gehört.
„Hören Sie“, sagte Mirjam hastig. „Sie sind ein gütiger Mensch. Auch wenn Ihnen das unangenehm ist! Ich weiß, daß Sie in Wirklichkeit ein sehr gütiger Mensch sind. Ich möchte Sie um etwas bitten.“
Tarski machte eine ungeduldige Bewegung, schwieg aber.
„Heute ist Samstag, nicht wahr?“
Er nickte.
„Ich möchte Sie bitten, auf ein Begräbnis zu gehen“, sagte Mirjam leise. „Sie würden der einzige sein. Verstehen Sie? Niemand wird sonst hinter seinem Sarg gehen. Niemand. Wahrscheinlich wird es nicht einmal ein Sarg sein. Man bekommt keine Särge. Höchstens, wenn man Fleisch oder Mehl dafür tauscht!“ Sie lachte übertrieben. „Fleisch oder Mehl“, wiederholte sie.
Tarski hörte das Schluchzen in ihrer Stimme.
„Was ist mit Ihrem Mann?“ fragte er vorsichtig. „Kann er Ihnen nicht helfen?“
„Ausgeschlossen!“ Sie schüttelte heftig den Kopf. „Max ist der einzige, den ich nicht darum bitten kann. Außerdem ist er nicht mehr mein Mann.“ Lächelnd nahm sie ein Papier aus der Schublade und reichte es ihm. Es war ein Scheidungsdokument. Dem Datum nach zu schließen, hatte man es ihr gestern erst zugestellt.
„Die Oberschwester — sie hat mir alles weggenommen“, stieß Mirjam hervor. „Wahrscheinlich auf seinen Befehl! Alles. Meine Schuhe. Die Kleider . . .“ Plötzlich umklammerte sie sei-

nen Arm. „Mein Gott, jemand muß doch ... Um drei Uhr, Elisabethallee. Tun Sie es! So tun Sie es doch!"
Wortlos gab Tarski ihr das Dokument zurück. Er betrachtete sie nachdenklich, während sie das Papier zerknitterte und scheinbar geistesabwesend unter ihr Kopfkissen schob. Als sie die Hand wieder hervorzog, blitzte ein kleiner Schlüssel darin.
„Hier", murmelte sie. „Nehmen Sie ihn. Es ist der Schlüssel zu seinem Atelier." Und sie nannte eine Adresse. „Ich war jeden Tag dort. Er hat nur mich gemalt. Auf allen Bildern immer nur mich." Ihre Stimme war dunkel und brüchig. „Er hieß Michael und war leider irrsinnig. Vollkommen irrsinnig!" Mirjam lachte laut. Sie war sehr blaß, ihre Augen flackerten. „Er liebte Gott und hielt, mit mir zu schlafen, für eine Sünde. Verstehen Sie? Er hatte vorher nie etwas mit Frauen zu tun!" Sie lachte abermals. „Die Decke vom Atelier ist eingestürzt. Gerade dort, wo er stand. Das Haus war nämlich bombardiert." Aus weit aufgerissenen Augen starrte Mirjam den Arzt an. „Ich fürchte, er war nicht sofort tot. Es ist möglich, daß er noch am nächsten Tag so dagelegen ist, eingequetscht, unter den Trümmern begraben. Ich war nicht dabei!" schrie sie plötzlich auf. „Ich war nicht dabei. Ich war nicht dabei. Ich hätte doch etwas getan! Ich hätte doch nicht zugeschaut, wie — —" Sie brach keuchend ab. Preßte, als wollte sie ein Bild gewaltsam zurückdrängen, beide Fäuste auf die Augen. Als sie sie fallen ließ, war ihr Gesicht von einem schlauen, gemeinen Lächeln entstellt. Im nächsten Augenblick

wurde ihr ganzer Körper von einem nervösen Anfall geschüttelt.
Tarski gab ihr eine Injektion und schob behutsam die Kissen für sie zurecht. „Schon gut. Ich werde auf dieses Begräbnis gehen."
„Die Bilder", flüsterte Mirjam. „Ich möchte meine Bilder zurückhaben . . ." Dann schlief sie ein. Tarski bückte sich und hob den Schlüssel, der zu Boden gefallen war, auf.

Das Begräbnis

SIE behielt recht: Jaroslaw Tarski war der einzige Mensch, der hinter dem Sarg ging. Und es war nicht einmal ein Sarg. Eine Kiste aus rohem Holz nur und viel zu klein. Der Deckel stand noch offen, als Tarski in die Kapelle kam. Mit einer Mischung aus Neugier und Widerwillen beugte er sich über die Leiche, die unnatürlich verrenkt war, mit angezogenen Knien. Man mußte sie gewaltsam da hineingezwängt haben. Der Kopf war verdreht, so daß Tarski nur das feine blonde Haar sehen konnte und eine weiße, sehr schmale Schläfe. Der Deckel wurde zugenagelt, die Zeremonie begann.

Er folgte dem Toten durch eine lange, kahle Allee. Bleich hing die Sonne in den nackten Zweigen. Ihr müdes Licht umspülte die endlosen Reihen der Grabsteine. Tragischer Pomp goldener Inschriften. Namen und Namen, deren Träger unter den steinernen Sohlen der Engel verwesten. Seligkeit, Qual, alles mündete in die einsame Strenge ewigen Schweigens.

Wie ist es möglich, zu wissen und dennoch zu hoffen?

Gedankenverloren ging Tarski hinter dem Sarg. So verloren wie das vom Baum gefallene Blatt, das vor seinen Augen langsam im Wind trieb, steigend und fallend, bevor es zu Staub zerfiel. Nichts, nichts von allem war sein. Nicht

einmal das Bild. Nicht einmal der Gedanke, der Ein—Fall. Dieser Einfall von etwas Fremdem, das durch sein Wesen zog wie Wolken durch leere Luft. Weiße und schwarze Wolken, mit der tödlichen Majestät des Gewitters manche, die reife Ernte verwüstend. Trächtige Wolken, voll Regen und schwer. Zarte Spiele und Donner, Erhellung, Bedrohung. Empfängnis und Untergang. Was war er selbst?
Sein Wesen war Wesenlosigkeit, und schaudernd empfand er die Leere, die gespenstische Leichtigkeit seiner selbst. Ihm war, als würden seine Konturen wie Farben zerrinnen. Fremde Farben auf fremder Leinwand — sein Bild. Nun zerfloß es. Löste sich gänzlich in diesem bleichen Friedhofslicht auf.
Mit beiden Händen betastete er seinen Körper. Gesicht, Augen, Haar. Bei dem Versuch, sich an Wirkliches zu klammern, klammerte Tarski sich an seine Erinnerung. Verzweifelt, wie ein Ertrinkender. Ich erinnere mich, also *war* ich!
Ein Begräbnis an einem Tag wie heute. Nur daß es regnete, unablässig regnete. Schwarze Wasserlachen, in denen sich der Trauerzug spiegelte. Tarski glaubte, wieder das regelmäßige Klatschen der Tropfen zu hören — ein Geräusch von monotoner Trostlosigkeit. Er war damals zwölf Jahre alt gewesen und ging in neuen schwarzen Kleidern, das Kinn an die Brust gepreßt, zwischen den Tanten. Sie hatten ihre groben, roten Gesichter hinter dichten Schleiern verborgen und griffen von Zeit zu Zeit mit ihren dick behandschuhten Fingern nach ihm. Er war dann jedes Mal zusammengezuckt und hatte, die Tränen krampfhaft zurück-

drängend, auf den schwarzen Rücken des Vaters gestarrt, auf seine hohen Stiefel, die mit jedem Schritt tiefer im Schlamm versanken. Als dann der Sarg mit Mama in der Erde verschwand, hatten ihn die Tanten eilfertig umarmt und erregt an ihre schweren, weichen Brüste gedrückt. Ihr Mitleid war wie ein gierig geöffneter Mund und drohte ihn zu verschlingen. Es war zu einer kleinen, nur von den Zunächststehenden bemerkten Szene gekommen, als der Knabe, plötzlich schluchzend, mit geballten Fäusten auf die beiden Matronen losging. Der aufgeputzte Seidenhut einer der Tanten war dabei in eine Wasserlache gefallen, und sie selbst hatte ihn wie eine Furie, das schüttere graue Haar beinahe anstößig zerzaust, mit einem Blick nackten Hasses durchbohrt. In diesem Augenblick hatte der Vater sich umgedreht. Er mußte das Geschehene sofort erfaßt haben. Doch sein blasses, trauriges Gesicht blieb unbewegt.

Zu Hause angekommen, hatte Jaro etwas ziemlich Merkwürdiges getan. Merkwürdig insofern, als dieses Unternehmen nicht geplant war und ihn selbst erschreckte. Er ging nämlich durch alle Zimmer und drehte die Bilder von Mama wieder um, so daß ihr schönes Gesicht, das zart und stolz zugleich war, nun überall von den Wänden blickte.

So weit er zurückdenken konnte, waren diese Bilder immer so gehangen, daß ihre fleckige braune Rückseite dem Betrachter zugekehrt war. Schon seit der Zeit, da Mama nicht mehr bei ihnen auf dem polnischen Gut lebte, sondern ständig irgendwo im Süden auf Reisen

war. Ihrer angegriffenen Gesundheit wegen, wie ihm Warja, die alte Kinderfrau, ausweichend geantwortet und es dabei stets vermieden hatte, ihn anzusehen. Heimlich hatte Jaro schon immer, wenn er allein war, diese Bilder umgedreht und mit seinen grauen Kinderaugen, die so kühl und ernst waren, betrachtet. Sie streng betrachtet wie etwas Verbotenes, während ihm doch ein leidenschaftlicher Schmerz das Herz fast verbrannte.
Und nun hatte er also ein radikales, ein empörerisches Bekenntnis zu einer Toten, die er kaum gekannt und über die seit Jahren in diesem Haus nicht mehr gesprochen worden war, abgelegt. Aber niemand nahm seine einsame Provokation an. Denn als er am nächsten Morgen aufwachte, war der Vater bereits nach Warschau abgereist. Jaroslaws weitere Erziehung blieb den Tanten überlassen.
Die Sonne war untergegangen. Lautlos brachen die Schatten über den Friedhof herein. Umspannten Baum, Engel und Stein mit ihrem düsteren Grau.
Tarski stand fröstelnd vor dem kleinen Grab, in dem Mirjams Geliebter soeben hastig verscharrt wurde. Es war ein billiges Begräbnis gewesen, achtlos und eilig. Zuletzt wurde eine schäbige Tafel angebracht, auf der außer Michaels Name, Geburts— und Todestag nichts weiter vermerkt war. Achtzehn Jahre nur, er war fast noch ein Knabe. Dieses knappe Leben — was umschloß es an Sehnsüchten, Erfahrungen, an Verzweiflung? Es war wohl zu eng, zu kurz, zu häßlich gewesen. Wie der Sarg, in den man ihn gezwängt hatte. Und Tar-

ski gedachte der unnatürlich verdrehten, zerbrochenen Gestalt.
Die Totenträger entfernten sich: zwei schwarze Vögel, mit ihrem glanzlosen Gefieder, das stumpf und ausgefranst war, den Staub streifend. Er liebte Gott! hatte Mirjam von dem Toten gesagt.
„Er liebte Gott“, wiederholte Tarski mit einem traurigen Lächeln. Er brach zwei Äste aus einem kahlen Baum, fügte sie zu einem Kreuz und steckte es in die Erde. Dann faltete er seine Hände: „Vater unser . . .“ Er stockte. Der Schmerz war wieder da, abgründig, trostlos.

Vater unser,
Der du uns den Hunger gegeben hast
Und den Traum,
Den Durst
Und die Verzweiflung.
Gib uns den Frieden
Und nimm von uns
Den Durst,
Die Verzweiflung,
Den Traum.
Gib uns das Brot
Des ewigen Todes,
Amen.

Die Bilder

DAS Atelier des Toten lag in der Salmgasse. Kleiner Garten, altes Palais und dieser schmale, gewundene Himmel darüber mit dem blassen, zerbrechlichen Mond. Vor einem niedrigen Haus mit eingestürztem Dachstuhl blieb Tarski stehen. Gelber Anstrich, grüne Fensterläden, Tonscherben der Blumentöpfe von einst.

Er stieg die enge Wendeltreppe hinauf. Atmete den Duft der Erinnerung: Moder, von versunkenen Kostbarkeiten kalt und traurig durchweht. In der Ecke der Käfig eines Kanarienvogels. Wo waren die Mädchen geblieben, in hellen Kleidern und einer Wolke von Träumen, die kleine Zuckerstückchen durch die nun vom Rost zerfressenen Stäbe gesteckt hatten? Sie waren alle schon tot. Selbst wenn sie noch lebten, waren sie tot. Wie der Herr Oberbaurat auf dem trüb und fleckig gewordenen Messingschild. Eine flüchtige Erscheinung, tauchte er in Tarskis Herzen noch einmal auf: hoch aufgerichtet, mit dünnem, weißem, sorgfältig gescheiteltem Haar, das Gesicht überm Stehkragen freundlich und ernst. Gewiß war hinter jener Tür einst Hausmusik gemacht worden, zwischen Biedermeiermöbeln, von bedächtigen Gesprächen kostbar umrahmt. Der alte Oberbaurat hatte wohl die Bratsche gespielt. Vielleicht, dachte Tarski, war der junge Maler sein Enkel gewesen, Sohn eines der anmutigen

Mädchen vor dem Vogelkäfig, in hellen Kleidern und einer Wolke von Träumen.
Mit einem kratzenden Geräusch drehte sich Mirjams Schlüssel im Schloß.

Dämmerung umfing ihn. Ein wisperndes, graues Licht, Sonne und Mond ineinander verwoben, Schatten erzeugend, unbestimmte Trauer und Angst. Tarski stieß einen Stuhl um und erschrak. In der Decke klaffte ein Riß: eine große häßliche Wunde, um welche die Farbe ringsum abblätterte wie kranke Haut. Darunter war der Maler sterbend gelegen, zwei Tage lang.
Vorsichtig blickte Tarski sich in dem Atelier um. An den Wänden lehnten überall Bilder, Mirjams Bilder, in der Dunkelheit. Die Lampe war zerbrochen. Schließlich fand er irgendwo Streichhölzer. Und eine Kerze unter einem alten Heiligenbild: Johannes der Täufer, mit abgeschlagenem Haupt. (Illum oportet crescere, me autem minui.) Neben der Kerze ein kleines schwarzes Buch. Als Andenken für Mirjam ließ er es in seine Tasche gleiten, ohne zu ahnen, was es enthielt. Und welche verhängnisvolle Bedeutung ihm schon so bald zukommen würde.
Plötzlich fuhr er zusammen. Er hatte ein leises Geräusch vernommen, ein Keuchen oder Stöhnen. Deutlich spiegelte seine überreizte Phantasie ihm das Bild des Sterbenden vor, hörte er wieder Mirjams flüsternde Stimme: „Er war nicht sofort tot. Noch am nächsten Tag ist er so dagelegen, eingequetscht, unter den Trümmern begraben." Und ihren Aufschrei: „Ich war

nicht dabei!“ Gleichzeitig hatte er das irritierende Gefühl, ihre Worte in seiner Erinnerung unmerklich verschoben zu haben, verfälscht. Oder berichtigt?
Beinahe zornig wehrte er sich gegen das Unbehagen, das ihn allmählich beschlich, diese Mischung aus Mitleid, Grauen und Intimität. Der Intimität eines Komplizen.
Die Kerze in der Hand, beugte er sich über das erste Bild. Sein Atem ließ die winzige Flamme tanzen. Sie zuckte, drohte jeden Augenblick zu erlöschen, während Tarski, ohne sich zu rühren, in dieses Gesicht starrte: das böse Gesicht einer alten Frau.
Er untersuchte nun die anderen Bilder. Sie stellten alle das gleiche Modell dar: eine schwarzäugige Greisin mit totenkopfartigen Zügen, die dürren arthritischen Hände ins Leere gekrallt. Wie Klauen, dachte er schaudernd. Der verirrte Vogel fiel ihm ein, der am Abend vorher mit schwarzen Flügeln an Mirjams Fenster geschlagen hatte, als er versuchte, aus dem Dunkel des kahlen und kalten Gartens in das helle Zimmer zu dringen. Verzweifelt krallte er sich an das glatte, durchsichtige Glas, immer wieder abrutschend, bis ein jäher Sturz ihn in die Nacht zurückwarf. Fast glaubte Tarski, das Entsetzen vor jenem Sturz in den schwarzen Augen der Greisin lesen zu können, grausamen Augen, rastlos und hochmütig. Doch erst in dem unvollendeten Bild auf der Staffelei erkannte er Mirjam.
Dieses letzte und einzige Mal hatte Michael sie gemalt, wie sie gewöhnlich erschien: von funkelnder, sich unablässig verwandelnder Schön-

heit und bei aller Finsternis ihres Wesens ungestüm und knabenhaft jung. Sie war nackt: eine tanzende Salome.
„Es ist das falsche Bild“, sagte jemand sehr leise. „Alle diese Bilder sind falsch.“
„Wer sind Sie?“ Tarski fuhr herum. Mit der fast schon verlöschenden Kerze leuchtete er die Dunkelheit aus. In einer Ecke des Ateliers saß ein kleiner Mann mit grauem Spitzbart, die Arme über der Brust verschränkt. Nun neigte er seinen Kopf.
„Ich wollte sie nicht erschrecken“, sagte Max Bittner und lächelte schwach. „Ich sitze schon lange hier.“ Er hob mit einer hoffnungslosen kleinen Bewegung die Schultern. „Schon sehr lange.“
In dem folgenden Schweigen bemerkte Tarski, daß es angefangen hatte zu schneien. Große Flocken sanken langsam herab, schon schmelzend im Fall. Lösten sich auf, noch ehe sie die Erde erreichten. Max Bittners gedämpfte, höfliche Stimme: „Kenne ich Sie? Sind Sie auch einer . . . Einer von ihren —?“
„Nein! Keiner von ihren Liebhabern, wenn Sie das meinen.“ Tarski hob rasch die Kerze an sein Gesicht. „Wir sind uns einmal in der ‚Großfürstin‘ begegnet“, murmelte er. „Ich bin der behandelnde Arzt ihrer Frau.“
„Ja, ja. Ich erinnere mich“, unterbrach Bittner ihn geistesabwesend. „Wir sind übrigens geschieden.“
Eine lange Pause trat ein, während die schwache Flamme gänzlich erlosch. „Wie geht es ihr?“ fragte Bittner. Es war nun vollkommen dunkel. Tarski tastete sich zum Fenster. Dort blieb er

bewegungslos stehen, ein hoher schwarzer Schatten auf dem tanzenden Grund weißer Schneeflocken. Die ganze Szene erschien ihm phantastisch, beklemmend, von traumhafter Unwirklichkeit.
„Sie ist eine schwierige Patientin“, antwortete er ausweichend. Der Klang seiner eigenen Stimme berührte ihn wie etwas Fremdes. „Ich weiß nicht, ob das Krankenhaus sie behalten wird. Verstehen Sie: sie ist kein akuter Fall!“
„Kein akuter Fall“, wiederholte Bittner. Er lachte mißtönend. „Was wissen Sie schon davon! Sie wird sich zugrunde richten, so schnell sie nur kann. Es ist etwas Krankhaftes in ihr. Etwas, das ich nicht erklären kann. Sie ist von der Idee besessen, sich selbst zu zerstören.“ Er schwieg plötzlich.
Besessen. Hatte die Oberschwester nicht etwas Ähnliches gesagt? Vom Teufel besessen. Wieder vernahm er die heisere Stimme: „Nachts gehe ich fast immer durchs Haus. Zufällig kam ich an ihrem Zimmer vorbei. Ich hörte sie schreien ...“ Und am nächsten Morgen die Spur sadistischer Mißhandlungen, die Brandwunde auf dem Beinstumpf des Knaben auf Nummer zehn.
„Hören Sie“, sagte Tarski erregt. „Wenn sie wollen, daß ich ihr helfe, sollten Sie mir besser die ganze Geschichte erzählen!“
Er wartete. Immer dichter fielen die Flocken. Das unsichtbare Gesicht des Schweigens. Tarski fühlte sich auf einmal sehr müde. Wie spät mochte es sein? Und wieder dieses fast körperliche Vergehen der Zeit. Ihm war, als müßte er sich aus einem dunklen, saugenden Strom in

die schützende Vertrautheit des Ufers retten. Mit schweren Schritten bewegte er sich auf die Tür zu. Aber bevor er sie noch erreicht hatte, rief ihn Max Bittner zurück.
Und dann fing er mit seiner leisen, geduldigen Stimme zu sprechen an.

„Sie war ein Zögling meiner Schwester. Ihre Lieblingschülerin. So kannte ich sie, lange, bevor ich sie zum ersten Mal sah. Schon seit ihrem dreizehnten Jahr. Sie war — wie soll ich es ausdrücken? Kindlich und raffiniert. Zugleich schüchtern und wild. Störrisch, doch auf die sanfteste Weise. Ein merkwürdiges Mädchen, unberechenbar. Ein Schreckgespenst für das Kloster! Meine Schwester war Nonne, wissen Sie. Wir — standen uns nahe. Sehr nahe. Sie war meine Zwillingsschwester. Ich erwähne das nur, um Ihnen zu erklären, wieso wir auch später noch in so engen Beziehungen — kurz, sie erzählte mir alles. Auch nach den Weihen. Unsere beiden Leben waren niemals getrennt, gingen stets ineinander über. ‚Du und ich', sagte sie einmal, ‚sind zwei Worte für ein und dasselbe Ding. Du bist vielleicht das geschmeidige Wort, geschliffen, poliert. Trotzdem: Was für eine Vergeudung! Was für eine wunderbare Vergeudung!' Dabei küßte sie mich und lächelte mir seltsam eindringlich zu. So, als wäre da noch irgend etwas, das sie nicht aussprach. Sehr bald darauf verließ sie mich. Ich meine: sie trat in dieses Kloster ein, und zwar ganz überraschend. Es war wie ein Schlag, mein Gott! Ich will sagen, ich war darauf nicht gefaßt. Es war das einzige Mal, daß sie ein Geheimnis vor mir hatte. Aber sie besuchte mich! Nicht gleich, nicht sofort. Das wäre übrigens gar nicht möglich gewesen. Doch zwei Jahre später begann sie, mich regelmäßig zu besuchen. Pünktlich, sie kam jedesmal pünktlich auf die Sekunde. Und ebenso pünktlich ging sie von mir fort. Immer wieder von mir fort. Jetzt sehe ich manchmal im Traum die immer kleiner werdende Spanne der Tür. So, als stünde ich zwar mitten im Zimmer, doch mein Herz wäre gerade, gerade in diesen Spalt eingeklemmt. Ich aber warte. Denn, verstehen Sie, sobald die Tür da ins Schloß fallen wird . . ."

Max Bittner lachte plötzlich. Wohl eine Minute lang wurde er von einem unangenehmen Lachen geschüttelt wie von einem Anfall, wobei seine Stimme sich ein paarmal überschlug.

„Verzeihen sie", murmelte er, „Träume, Schäume. Ich wache auf und gehe zu meinen Pelzen. Weiße Füchse, Zobel, blauer Nerz. Ich habe einen Salon für seltene Pelze. Es ist meine ganze Freude, sie anzugreifen, sie zu berühren. Sie erregen die Haut, wie Eis und Feuer ist das, köstlich und dabei zart, es gibt keine zarteren Ekstasen. Ja, was rede ich da? Meine Schwester, sie ging also wie eine Uhr, unwiderruflich, mechanisch. Dabei hatte sie die Zeit früher kaum beachtet, oder vielmehr: sie hatte sie auf eine ganz andere, rhythmische, auf eine fast musikalische Weise erfaßt! Aber nie zuvor wurde sie ihr mit einer solchen Strenge gerecht. Dies brachte allmählich etwas — wie soll ich sagen? Etwas beinahe Mathema-

tisches in unsere Beziehungen, etwas Künstliches, eine Atmosphäre von Kälte und Genauigkeit. Es war, als kontrollierte uns etwas.Als wären wir nicht länger allein . . .
Nur einmal, ich erinnere mich noch ganz deutlich an diesen Nachmittag, war die Ordnung in ihr, diese neue künstliche Ordnung, zerstört. Wir saßen in meiner Bibliothek, sie goß gerade Tee in die Tassen. Und da passierte es: sie goß daneben. Verschüttete fast alles. Mit einem unbeschreiblichen Ausdruck starrte sie auf den weißen Damast, wo sich ein häßlicher Fleck mit großer Behendigkeit ausbreitete wie etwas Lebendiges. Ihre beiden Hände — dicke weiße Hände — zitterten. Sie haßte ihre Hände, schon als Kind hatte sie sie gehaßt, ist das nicht merkwürdig? Wir waren von einer körperlichen Ähnlichkeit, die mir abwechselnd vertraut und absurd erschien. Ich sah sie an wie mein eigenes Spiegelbild . . ."
Max Bittner lachte leise. Wieder klang seine Stimme unnatürlich hoch. Irgendwie verschob dieses Lachen den kultivierten und gepflegten Eindruck, den er anfangs erweckt hatte, machte den ganzen Menschen zwielichtig. Es war, als verbärge die bourgeoise Glätte seines Wesens einen doppelten Boden, als spränge etwas Verkapptes aus seinem klugen Gesicht und entblößte sekundenlang seine erschrekkende Fratze. Sogleich jedoch fuhr er, auffallend ruhig, fort:
„Meine Schwester also, sie war außer sich. Obwohl es ihr unverzüglich gelang, sich zu beherrschen. Meisterhaft gelang ihr das! Oh, sie war immer sehr diszipliniert. An jenem

Nachmittag kam sie direkt von — einer kindlichen Selbstmörderin. Und damals, gerade damals hatte sie begonnen zu lieben.
Aber es ist besser, der Reihe nach zu erzählen: Ein neuer Zögling war vor einiger Zeit in die Klosterschule aufgenommen worden, ein ungewöhnlich schönes Mädchen namens Maria. So hieß sie damals. Maria. Noch deutlich sehe ich dieses halb spöttische und halb ratlose Lächeln meiner Schwester, als sie mir die Faszination schilderte, die von jenem Kind ausging. Wir waren beide leidenschaftliche Ästheten, sie und ich. Große Liebhaber von Kostbarkeiten."
Bittner gab diesem letzten Wort eine eigentümlich gedehnte Betonung. Wie ein Glasbläser formte er es mit Lippen und Atem zu einem zarten, funkelnden Gegenstand. Dann, tonlos: „Es war eine tückische Zeit. Hinter Klostermauern zitterte man. Auch dieses Kind war in Gefahr. Die Mutter war Jüdin. Der Vater hatte es von der Provinzschmiere bis zum Kammerschauspieler gebracht. Nun konnte er wählen! Wie schwer es ihm fiel, weiß ich nicht. Auch nicht, welche Szenen und Gespräche seiner Trennung von der unglücklichen Frau vorangingen. Sie soll eine Schönheit gewesen sein. Angeblich litt sie an Schwermütigkeit. Ich kann mir gut vorstellen, daß sie überhaupt schwieg. Zu allem. Nun, der Herr Kammerschauspieler brachte seine Tochtet also ins Internat. Sein Auftritt im Kloster muß brillant gewesen sein, ein großer Erfolg. Er riß die armen Nonnen zu Tränen des Mitleids und der Bewunderung hin. Damals war er noch ein gefeierter Liebha-

ber. Nicht nur auf der Bühne, übrigens. Jetzt ist er wieder, beachten Sie die Pointe, auf einer Provinzschmiere gelandet."
„Und Mirjam", fiel Tarski ein: „Ist sie zu ihm zurückgekehrt?"
„Oh nein. Sie haßt ihn, wissen Sie. Schon damals, vor sechs Jahren, fing es an. Schon an dem Tag, als er sie ins Kloster brachte. Obwohl niemand etwas davon merkte. Im Gegenteil: alle hatten den Eindruck, daß sie ihn vergötterte. Einfach vergötterte. Sie war ein schönes Mädchen, altklug und scheu. Er küßte sie, bevor er ging. Sie rührte sich nicht. Blieb, geradeaus vor sich hinstarrend, in der Mitte des Besuchszimmers stehen und hörte nicht auf, ihr Taschentuch zwischen den Fingern zu drehen. Und dies alles, verstehen Sie, ohne eine einzige Träne, ohne den leisesten Laut. Als wäre sie versteinert, erstarrt, eine Statue. Nur die Hände waren lebendig. Zuckten, krümmten sich. Unablässig. Sie war für alles Zureden taub. Man mußte sie, zuletzt, mit Gewalt fortführen."
Auf der Straße fuhr langsam ein großer, schwerer Wagen vorbei. Als wäre es ein krankes Wesen, ächzte und zitterte das alte Haus, während das Licht eines Scheinwerfers wie ein platter gelber Käfer über die Wände kroch, sich zäh über die Bilder tastete, die mumienhaften Greisinnen entblößend wie etwas Unzüchtiges. Etwas Unzüchtiges, das, kaum merklich, nun auch in Max Bittners Stimme zu schlüpfen schien, den Sinn seiner Worte trübend:
„In einem verbauten Seitentrakt des Klosters gab es eine alte, kaum mehr benützte Kapelle.

Meine Schwester liebte es, dort zu beten. Der ewige Flieder der Dämmerung blühte da. Das sind ihre eigenen Worte. Gott allein weiß um ihr Herz. Aber sie hatte sich in ihren Glauben wie in ein Kunstwerk versenkt. Anbetung war für sie eine ästhetische Norm. Die reinste, höchste, kälteste. Ohne Überschwang und ohne Not. Kristallisierte Schönheit. Manchmal frage ich mich, ob sie nicht eine große Sünderin war . . .
Ich erzählte Ihnen vorhin von jenem Nachmittag, als sie mich besuchte. Sie war außer sich. Sie, die Ästhetin — Zuschauerin von überlegenem Rang. Die kühle Beobachterin! Folgendes war geschehen:
Sie hatte sich, ganz so wie an jedem anderen Morgen, in die alte Kapelle begeben. Gleich bei ihrem Eintritt fiel ihr etwas Ungewöhnliches auf, ohne daß sie hätte genau sagen können, was es eigentlich war. Ein kaum wahrnehmbares Geräusch? Ein trüber Fleck in der Dunkelheit? Die Harmonie war gestört. Der Raum hatte seine Makellosigkeit eingebüßt. Als wäre, wie sie sich ausdrückte, eine Raupe — warm, häßlich, lebendig — in das zartleuchtende Gespenst des Flieders gekrochen. Und dann entdeckte sie den Mädchenkörper. In der dunkelsten Ecke, halb verborgen vom Altar, hatte Maria sich erhängt. Meine Schwester schnitt sie ab. Sie bettete sie auf die Stufen, entblößte ihre Brüste und kühlte sie mit Weihwasser. Oh sie tat alles, um dieses Kind zu retten. Alles — vielleicht auch mehr. Unter ihren Küssen atmete sie wieder, erwachte Mirjam.
Ja, für das Kloster war es natürlich ein Skandal.

Diese Aufregung! Man wollte sie auf der Stelle ausstoßen, zu ihrem Vater zurückschicken. Aber der befand sich gerade auf seiner Hochzeitsreise mit Mirjams blonder, junger Stiefmutter. Aus Rom schickte er ein Telegramm: Daß er sich ganz auf die ehrwürdigen Schwestern verlasse. Auf der ganzen Welt wüßte er keinen besseren Platz für sein Kind! Gelobt sei Jesus Christus. Und die Mutter — sie war damals schon in einem Konzentrationslager interniert. Es blieb nichts anderes übrig, als den Skandal zu vertuschen. Ich glaube, die Nonnen haben in ihrem Kloster regelrechte Teufelsaustreibungen veranstaltet. Alles mußte neu eingeweiht werden. Die Todsünde! Und noch dazu in der Kapelle, ausgerechnet in der Kapelle!

Wissen Sie, was man mit Maria (übrigens nannte sie sich von da an, nach ihrer Mutter, Mirjam) gemacht hat? Man hat sie bestraft, die strengsten und schwersten Strafen hat man dem Kind auferlegt. Tagelanges Sprechverbot, die Verrichtung der primitivsten Arbeiten, Gebet unter Aufsicht. Und, natürlich, der Entzug selbst der kleinsten Freiheiten. Man stellte ihren Gehorsam und ihre Demut auf die sinnlosesten Proben. Vorübergehend brachte man das intelligente und empfindliche Mädchen sogar in einem Sondertrakt für Schwachsinnige, Verkrüppelte unter. Das sollte wohl ihren selbstmörderischen Stolz brechen. So hat man sie, ohne vorsätzliche Grausamkeit, dennoch maßlos gequält.

Sie lehnte sich nicht auf. Merkwürdigerweise versuchte sie es gar nicht, kein einziges Mal. Doch stellten sich bald darauf schwere Appetitstörungen ein. Man zwang sie, zu essen. Nun wiederholte sich bei jeder Mahlzeit dasselbe: Mirjam übergab sich und wurde bestraft. Sie magerte erschreckend ab. Meine Schwester beschrieb sie damals als ein spitzes, durchsichtiges Geschöpf, das immer mehr in einen stuporähnlichen Zustand verfiel. Früher eine ausgezeichnete Schülerin, vermochte sie dem Unterricht kaum mehr zu folgen und mußte eine Klasse wiederholen. Sie reagierte übrigens kaum noch auf etwas und schien selbst das Sprechen verlernt zu haben. Meistens kauerte sie stumm und wie leblos in einem Winkel.

Nur einmal, als meine Schwester ihr unvermutet im dämmrigen Stiegenhaus begegnete, geschah es, daß Mirjam sich auf sie stürzte. Mit beiden Händen krallte sie sich an dem geistlichen Kleid fest und näherte das wilde kleine, glühende Gesicht auf beängstigende Weise dem ihren. War es Zärtlichkeit oder Drohung? Vielleicht fürchtete sich meine Schwester davor, dies zu erfahren. Denn sie löste sich hastig aus der kindlichen Umklammerung und floh.

Wochen waren vergangen, als meine Schwester eines Nachts, von irgendeinem schweren Traum erschreckt, aufstand und ans Fenster trat. Ein schöner kalter Sternenhimmel wölbte sich über der Stadt. Der Mond war sehr klein und weiß. Mit einem scharfen, stechenden Schmerz drang ihr sein Licht in die Augen. Sie schlug sie nieder, geblendet. Und gewahrte plötzlich tief unten etwas, das sich mit sonderbaren Sprüngen in dem von hohen Mauern umgebenen Viereck des Klosterhofs hin und her bewegte wie eine Ratte. Von Zeit zu Zeit drehte es sich, ein dunkler Schatten, wie im Krampf um sich selbst, und einmal reckte es zwei magere Fäuste gegen die Sterne, während gleichzeitig dünner, schriller Gesang aufstieg, fast wie ein Vogelschrei.

Doch statt dem abscheulichen Treiben ein Ende zu bereiten, kehrte meine Schwester, erregt und am ganzen Leib zitternd, zurück in ihr Bett. Sie wäre durchaus in der Lage gewesen, den Spuk zu entlarven. So aber lag sie, das Morgengrauen erwartend, mit weit geöffneten Augen Stunden um Stunden regungslos da.

Ich weiß nicht, ob sie bereits damals, in jener ersten Nacht, Mirjam erkannt hatte. Doch von da an lehnte sie, wenn alles schlief, am Fenster, von einem wahnwitzigen Verlangen besessen, Zeugin der Krankheit, der Verzweiflung, des Widernatürlichen zu sein. Die Verirrungen, die zwanghaften Ausbrüche jagten ihr eigentümliche Schauer über die Haut, und die kindliche kleine Hölle erwärmte ihr Herz. Dabei litt sie! Grausamkeit und Erbarmen flossen feurig ineinander, und sie vermochte das eine nicht mehr vom andern zu trennen.

Im Licht des Tages aber zog sie sich gänzlich von Mirjam zurück. Sie hat mir nie gesagt, ob diese Zurückhaltung freiwillig oder ihr von der Äbtissin auferlegt worden war.

‚Wie schmerzhaft es ist, selig zu werden!' sagte sie einmal zu mir. Ich weiß nicht, ob sie dabei an sich selbst dachte oder an das Kind. Doch bei diesen Worten lächelte sie. Ich werde ihr Lächeln niemals vergessen, niemals. Sie lebt

nicht mehr. Ist verbrannt. Das ganze Kloster ging in Flammen auf. Aber der Reihe nach! Der Reihe!" schrie Bittner plötzlich auf. „Ich werde der Reihe nach alles erzählen, alles!"
Und dann, mit einer unnatürlichen Entschlossenheit, so, als sauste er, von seinen eigenen Worten gehetzt, mit offenen Augen in einen Abgrund:
„Eines Nachts blieb Mirjam aus. Den ganzen Frühling lang wartete meine Schwester vergeblich auf sie. Und mit jedem Tag wurde der Himmel heller, brach die Sonne früher herein, den Klosterhof rot färbend, die leeren Steine, auf denen Mirjam getanzt hatte.
Zur gleichen Zeit ging eine Verwandlung mit ihr vor. Sie verlor alles Mädchenhafte. Innerhalb weniger Monate reifte sie zu einer auffallenden Schönheit heran. Einer eigentümlich starren und exotischen Schönheit. Alles Spitze, Ungeschickte verschwand. Äußerlich wirkte sie nun wie eine kleine Dame.
In jenem Frühling kam es zwischen meiner Schwester und mir zu einem Zwischenfall. Ich bin ein großer Sammler, ein Liebhaber von Puppen. Französische, javanische, Eskimopuppen. Afrikanische aus Tierknochen mit einem Zauber. Indische Zebureiter, Balitänzerinnen aus Seide und Samurais. Ich zeigte meiner Schwester eine kostbare neue Erwerbung: ein bunt bemaltes mandschurisches Tonpüppchen, böse und graziös.
Es war ein milder Abend. Wir saßen bei weit geöffneten Fenstern in meiner Bibliothek. Plötzlich vernahm ich ein dünnes Knirschen, ein Splittern — Ich sah meine Schwester an.

Das Gesicht unter der weißen Stirnbinde war verzerrt. Mit ihren dicken, weißen, kräftigen Händen zerbrach sie die Puppe und schleuderte sie auf die Straße, direkt vor die Räder eines Wagens.
Ich erinnere mich noch: es war ein großer schwarzer Wagen, der sehr langsam vorüberfuhr, so, als läge eine besondere Bedeutung darin, etwas Zeichenhaftes, drohend und unheilvoll.
‚Warum hast du das getan?' schrie ich auf. Und sie, unerträglich langsam die leeren Augen auf mich richtend: ‚Es war die Ähnlichkeit. Diese Ähnlichkeit . . .'
Von jenem Tag an hörte sie auf, mich zu besuchen. Ich wartete. Wartete. Nur einmal, ein einziges Mal noch, kam sie und brachte Mirjam.
Übrigens vergaß ich, zu erwähnen, daß Mirjams Mutter in diesem Frühling starb. Das heißt, man hatte sie in irgendeinem Konzentrationslager vergast."
Bei diesen Worten zuckte Tarski, der während der ganzen Zeit schweigend, mit einer fast schmerzhaften Anspannung, zugehört hatte, zusammen. Bittners Geschichte verfiel, immer undeutlicher werdend, zu Gemurmel. Verwandelte sich in das Weinen eines sterbenden Säuglings, und die nackten grauen Wände eines anderen Konzentrationslagers tauchten aus der Dunkelheit, der kalte Steinboden, auf dem die Häftlinge lagen wie Fische, zum Trocknen aufgereiht. Und, mitten unter ihnen, Ljuba. Ljuba mit ihren leeren Brüsten, an denen sich das winzige, blaugeschriene Gesicht seines Kindes stieß, in Todesangst,

immer wieder. Dieses arme verrunzelte Gesicht, das nicht größer wurde, niemals, als seine geballte Faust. Und der Schatten! Der geschmeidige Schatten des anderen, satt und zufrieden, in Uniform ... Oh dieser Schatten, geduldig und gierig, der sie umstrich!

Tarski grub die Fingernägel in sein Fleisch, so lange, bis die Stimme Max Bittners zurückkehrte, wie aus weiter Ferne wieder zurück:

„... Damals ... nervöse Symptome ... litt Mirjam unter dem Zwang, in gewissen Abständen Grimassen zu schneiden. Jeder, der sie dabei sah, erschrak. So unkenntlich, so furchtbar entstellt war dann ihr Gesicht. Einmal kam ihr Vater auf Besuch. Er strahlte! Mirjam hatte soeben einen Bruder bekommen. Einen blonden Halbbruder. Und als er es ihr erzählte ... Mein Gott, dieser Anblick! Er wurde ganz blaß, man merkte deutlich die Anstrengung, die Überwindung, die es ihn kostete, sie anzusehen. Schon nach kurzer Zeit verabschiedete er sich.

Am nächsten Tag besorgte Mirjam sich heimlich den Zionstern. Sie steckte ihn an, jedes Mal, wenn sie das Kloster verließ. Niemand wußte davon. Bis man sie eines Tages, halb ohnmächtig, an der Pforte fand. Ihre Kleider waren zerrissen und furchtbar beschmutzt. Sie blutete. Ein Stein hatte sie an der Schläfe getroffen.

Von da an erlaubte man ihr nicht mehr, das Haus zu verlassen. Doch es war bereits zu spät. SS—Leute suchten das ganze Kloster nach ihr ab, während sie, als Nonne verkleidet, durch einen Hinterausgang entkam. Meine Schwester hatte ihr eines ihrer eigenen Gewänder gegeben. Mitten in der Nacht brachte sie das Mädchen damals zu mir. Es war das letzte Mal, daß ich sie sah. Am nächsten Morgen war vom Kloster nichts mehr übrig als eine rauchgeschwärzte Ruine. Brandstiftung konnte nicht nachgewiesen werden. Die Untersuchung verlief im Sand. Alle, alle gingen sie in den Flammen auf!"

Und wieder dieses hohe, unnatürliche Lachen. „Ich versteckte Mirjam", flüsterte er. „Wir lebten nebeneinander. Eng, ganz eng. Völlig abgeschlossen von der Welt. Sie trug das Kleid meiner Schwester. Eine kindliche Nonne: zügellos, raffiniert. Jede Nacht kam sie an mein Bett. Während sie die schwarze Klostertracht auszog, sprach sie von meiner Schwester. In immer dunkleren Anspielungen. Und, zwischen halben Worten, plötzlich irgendein intimes Detail. Einmal verlor ich den Kopf. Da verlangte sie, daß ich mich als meine tote Schwester verkleide . . ."

In diesem Augenblick zündete Max Bittner, als ertrüge er keine Dunkelheit mehr, den Leuchter an. Einen prächtigen alten Leuchter aus getriebenem Silber, der sogleich den ganzen Raum in gleißendes Feuer zu tauchen schien. Geistesabwesend starrte er in die Flammen. Sein kleines, nobel geschnittenes Gesicht war aschgrau.

„Es gibt Menschen", sagte er und lächelte merkwürdig, „die wie ein Magnet alles Böse, Krankhafte an sich ziehen. So, wie eine gewisse Feuchtigkeit Lurche anzieht. Wie jede Landschaft in einem geheimnisvollen Prozeß ihre Geschöpfe auswählt, sie auf magische Weise

zwingt, sich gerade dort anzusiedeln, gerade dort!"
Seine Stimme brach mißtönend ab. Er setzte sich wieder in seine Ecke, wobei er die Hände mit einer eigentümlichen Bewegung aneinander zu reiben anfing. Als er Tarskis kühlen, aufmerksamen Blick fühlte, verbarg er sie hastig hinter seinem Rücken und sprang auf.
„Landschaften wie Menschen", fuhr er, mit kurzen gezierten Schritten im Atelier auf und ab gehend, fort, „haben ihr eigenes Klima, das eine spezifische Vegetation hervorbringt. Nehmen Sie Mirjams Klima!" Er kniff die Augen zusammen: „Haben Sie das nicht bemerkt? Es ist eine bestimmte, eine ganz bestimmte Sorte von Menschen, die sie anzieht . . ."
Bittner wartete einen Moment. Dann, dicht an Tarskis Ohr, flüsternd: „Etwas stimmt nicht mit ihnen. Auf die eine oder andere Weise sind sie alle ein wenig monströs. Abnorme, Verkrüppelte. Wie der kleine Bruder, den sie auf dem Gewissen hat. Etwas stimmt nicht. Mit allen, hören Sie? Mit allen, die in Mirjams Lebenskreis treten, stimmt etwas nicht!"
Er lachte aufgeregt und warf Tarski aus glänzenden Augen einen verschlagenen Blick zu, lauernd, vertraulich. Doch dieser fiebrige Glanz rührte von ungeweinten Tränen her, und mit einer kläglichen Geste kehrte Bittner sein Gesicht gegen die Wand.
„Dieser kleine Bruder", murmelte Tarski betreten: „was ist mit ihm?"
„Er wurde überfahren", antwortete Bittner, jedes einzelne Wort langsam, mit übertriebener Deutlichkeit, aussprechend. „Man mußte

ihm ein Bein amputieren. Mirjam stieß ihn vor den Zug."

Der Abgrund

EIN heftiger Sturm hatte sich draußen erhoben. Seine unsichtbaren Peitschen bedeckten die Nacht mit Wunden und Striemen. Von einem fremden Kirchturm hallten die Schläge der Glockenuhr.
Tarski eilte zum Krankenhaus zurück. Bei Bittners letzten Worten war er, von einer furchtbaren Ahnung erfaßt, ohne weitere Erklärungen davongestürzt, verfolgt von dem Bild eines humpelnden Knaben.
Er zweifelte kaum daran, daß der stille Patient von Nummer zehn Mirjams Bruder war, daß sie selbst dieser stumme und böse Besuch gewesen, der in der Nacht zu ihm gekommen war und ihn gequält hatte. Unbestimmte, immer phantastischere Befürchtungen hetzten ihn durch die Straßen, finstere Labyrinthe, während er gleichzeitig das Gefühl hatte, sich weiter und weiter von seinem Ziel zu entfernen. Die letzten Glockenschläge umflogen ihn dröhnend wie große goldene Bienen. Sie starben, schrumpften, wurden winzig und weiß — zahllose tote Schneeflocken, die ihn immer dichter einkreisten.
Allmählich verlor er jede Orientierung. Es war, als führten alle Straßen nirgendwohin. Plötzlich erschrak er. Irgend etwas geschah, etwas Unfaßbares — hatte der Raum selbst sich nicht soeben bewegt? So, als würden Kulissen lautlos, unmerklich verschoben. Und wie eine

durchsichtige, gespenstische Blüte entfaltete die Stille ihren vollkommenen Kelch.
Er war in einer gläsernen Glocke gefangen. Das Sein selbst verstummte. Die Dinge hörten auf, zu ihm zu sprechen. Immer weiter wich die Welt ringsum von ihm zurück.
Ihm war, als hätte er dies alles schon einmal erlebt. Er schloß die Augen und sah sich selbst, einen Knaben, am Meer. Versunken in ein Spiel mit schönen Muscheln hatte er, von plötzlicher Unruhe erfaßt, den Kopf gehoben und bemerkt, wie das Meer sich von ihm entfernte, unablässig einen leeren, weiten, weißen Strand entblößend wie etwas Totes. Zitternd war er damals, ein Kind, im Sand auf und ab gelaufen und hatte mit lauter, sich überschlagender Stimme die flüchtigen Wasser zurückzurufen versucht, das verlorene Wunder der Tiefe, schillernder Bewegung und zarten Gesprühs.
So wie er jetzt verzweifelt seine in unendliche Tiefen schwindende Welt zurückrief, die ungeliebte, die einzige. Das Spital mit seinen langen grauen Gängen und der Trostlosigkeit aseptischen Geruchs, den schrillen, ekstatischen Gesang der Nonnen, die verstümmelte Erscheinung des kleinen Bruders. Alles, was er angstvoll beschwor, höhlte sich von innen her aus; Phantome, die sogleich in gespenstische Unwirklichkeit zerstäubten.
Hoffnungslos versuchte er sich der Kirche seiner Knabenzeit zu erinnern. Der Glut ihrer Liturgie, des düsteren Goldes, das alle Elemente zu einer mystischen Einheit verschmolz. Der Ikonen – Fenster ins Ewige, durch welche die dunklen Gesichter der Heiligen ihn

regungslos anblickten. Aber die Fenster waren zerbrochen, und die Ewigkeit leer.
Unaufhörlich trieb der Schnee an ihm vorbei. Große weiße Wirbel fegten durch die zerstörte, wieder dem Chaos anheimgefallene Stadt, tanzten, fremde Welten, leuchtend über den Abgründen der Finsternis: Abgründe, die Tarski zu verschlingen drohten, aufzulösen in einer entseelten, raum— und zeitlosen Nacht.
Jaroslaw Tarski wehrte sich. So, wie er sich bisweilen voll Entsetzen gegen den Schlaf wehrte und bis zur totalen Erschöpfung wachte: fieberhaft, sie um keinen Preis loslassend, in die Welt verkrallt. Eine Welt, um die er ein Leben lang kämpfen mußte, stets im Begriff, sie zu verlieren; krank vor Mißtrauen darauf wartend, daß ihre vertraute Struktur mit einem Mal vor seinen Augen verfiel. Es gab keinerlei Garantien für ihre Konstanz, und nie nahm sie für ihn das Gesicherte, Berechenbare einer Gewohnheit an. Fast seine ganze Kraft verzehrte sich in dem Zwang, diese sich unablässig verfremdende, ihm entziehende Welt immer wieder neu zu erschaffen, und der Angst, es könnte ihm schon das nächste Mal nicht mehr gelingen.
Bedeutete dies den Einbruch des Wahns? Oder einen Ausbruch, schwindelerregend, gefährlich, aus der Beschränkung alter Ordnungen? Verlor er, um zu gewinnen? Rührte dieses unmenschliche Grauen von einer Verwandlung her, dem Überschreiten schneidend scharfer Grenzen zu einer neuen, höheren Weise des Seins?
Ihm war, als würde seine ganze bisherige Exi-

stenz von ihm abgestreift wie eine Larve, während er hinter dem realen Himmel der Schneewolken einen zweiten, schwarzen Himmel sich dehnen sah, der von einer ungeheuren Weite und Leere war. Und beide Himmel, der reale und der irreale, waren in ihm selbst.

Bedeutete dieser Prozeß, krankhaft und unheimlich, nur die Auflösung, nur den Verfall? Oder war er schon Steigerung dieses Lebens, das eben jetzt mit rasender Geschwindigkeit bis zur glitzernden Höhe der Sterne, bis in die Urtiefen des Unbewußten vordrang? Kündigte er die Schöpfung einer reicheren, mehrdimensionalen Welt an? Diese in seinen sterblichen Leib eingeschlossene Qual — offenbarte sie die Wehen des Todes oder einer Geburt? Der Geburt des *neuen Menschen* seiner Träume und Gebete . . .

Er wußte es nicht. Aus der Wirklichkeit gestürzt, fiel er in die Einsamkeit schwarzer, unermeßlicher Räume. Plötzlich bemerkte er, daß er schrie — wie lange schon? Im Fall einen Namen in die leere Nacht hinausrief:

Jaroslaw Tarski!

Jaroslaw Tarski!

Jaaaaa . . . . !

Die Jägerin

INS Krankenhaus zurückgekehrt, begab Tarski sich sofort zu Nummer zehn. Hastig öffnete er die Tür des Krankenzimmers. Ein beklemmender Augenblick der Dunkelheit, des Schweigens – und dann, erlösend, die leichten, kindlichen Atemzüge.
Lange Zeit stand der Arzt am Bett des versehrten Bruders, dessen Wunde er in sich selbst als Schmerz wiederfand, und im Moment eines sonderbar intimen Erschreckens fühlte er sich in ein lebendiges Netz unsichtbarer Fäden verstrickt.
Als er, viel später, in seinem Zimmer das Licht einschaltete, erblickte er Mirjam. Sie fror. In eine Decke gehüllt, saß sie auf dem einzigen Sessel und richtete ihre schwarzen, übernächtigen Augen auf ihn. Er erstarrte: feindselig, böse.
„Was fällt Ihnen ein?" herrschte er sie an, betroffen von der Schroffheit der eigenen Stimme. Er sah, daß sie zitterte.
„Aber das Begräbnis", stammelte sie leise. „Alles muß doch längst schon vorüber sein! Ich habe so lange gewartet . . ."
Ach ja, das Begräbnis. Der junge tote Maler. Tarski hatte ihn fast schon vergessen. „Kannten Sie ihn lange?" fragte er, sich wieder der verdrehten Gestalt im Sarg erinnernd, der weißen schmalen Schläfe, des blonden Haars.
Mirjam schüttelte den Kopf: „Es begann auf

einer Hochzeit“, sagte sie langsam. „Wir waren unter den Gästen. Rechts vom Altar die Freunde der Braut, links die des Bräutigams. Wir saßen einander genau gegenüber. Ich neben meinem Mann. Er war allein. Der Tag war so dunkel. Viele Kerzen brannten. Sie flakkerten, der Wind wehte durch die zerbrochenen Fenster herein. Wir schauten einander an ...“
Aus geweiteten Augen starrte Mirjam den Arzt an wie einen Geist: „Es war das erste Mal, daß ich einen anderen Menschen — —“ Sie stockte. „Wir schauen immer und sehen uns selbst. Wir hören Stimmen und hören uns selber zu. Sogar wenn wir an andere denken, denken wir nur an uns selbst. So, als gäbe es niemand anderen. Als gäbe es gar keine Welt. Und dann, plötzlich, bricht sie in uns ein. Wir sehen einen Menschen. Nicht den Schatten, den er in unser Herz wirft. Nein, ihn! Ihn selbst und leibhaftig!“
Lächelte sie noch, oder weinte sie schon? Sie sprang auf. Die Decke glitt von ihren Schultern. Tarski betrachtet sie nachdenklich. „Und dann?“ fragte er.
„Es war wie eine Krankheit. Ein wütendes Verlangen, erkannt zu werden, ihm mein Bild einzubrennen. Er war ein lebendiger Spiegel. In der Liebe suche ich immer den Zeugen. Aber wenn ich ihn gefunden habe, hasse ich ihn! Einer von uns beiden muß sterben. Entweder muß ich ihn töten oder mich selbst. Mein Bild in ihm verstümmeln. Zerstören. Das Bild und das Wesen. Man stirbt, wenn man sich verwandelt. Man stirbt, wenn man —“

Mirjam brach ab. Lachend warf sie den Kopf zurück, während ihre Augen ihn bösartig anfunkelten.
„Danke, daß Sie auf dem Friedhof gewesen sind", sagte sie kalt. „Ich bin froh, daß er tot ist. Tot und begraben. Er war widerlich. Einer aus dem Geschlecht der Amphibien. Ein Kaltblüter mit doppeltem Leben. Im Himmel konnte er sich wie auf der Erde bewegen, und auf der Erde wie im Himmel. Nie war er zu fassen. Er war schlüpfrig. Oh schlüpfrig und ekelhaft!"
Tarski dachte an den blassen Mond über dem stillen, altmodischen Haus. An das Bild des ermordeten Täufers, und an den klaffenden Riß in der Decke — eine große und häßliche Wunde, um welche die Farbe ringsum abblätterte wie kranke Haut. Darunter war der Maler sterbend gelegen, zwei Tage lang. Was für eine Rolle hatte Mirjam in diesem Drama gespielt? Man stirbt, wenn man — tötet.
„Sie haben ihn umgebracht, nicht wahr?" Seine Stimme verklang. Er wußte nicht mehr: hatte er diese Worte gesprochen oder nur gedacht? Doch vermied er plötzlich, Mirjam anzusehen. Er trat ans Fenster. Auf den Steinen des Spitalgartens verdarb der Schnee.
„Natürlich, die Decke begrub ihn. Ich weiß. Nicht mit Händen haben Sie ihn umgebracht. Sie sahen nur zu, wie er starb. Zwei Tage lang sahen Sie zu. Zwei Tage, zwei Nächte lang töteten Sie ihn mit dem Herzen. Warum? Warum haben Sie das getan?"
Mit einem Ruck drehte Tarski sich um. Mirjam war verschwunden.
Jaroslaw Tarski konnte nicht einschlafen. Die

Dunkelheit war Täuschung: eine schwarze Maske, deren Trägerin das Grauen war. Ein lebendiges Grauen, das ihn, augenlos, beobachtete. Hinter der Nacht wurde die Hölle sichtbar.

Zum ersten Mal dachte Tarski über seine Begegnung mit Mirjam nach, versuchte er, ihr Bild aus der Dunkelheit zu lösen.

Er wußte fast nichts über ihre Kindheit. Da war die verfemte Mutter und ein berühmter, gefeierter Vater, den das scheue, altkluge Mädchen vergötterte und der es in jenem Kloster deponiert hatte wie ein lästiges Gepäckstück. Sie ließ alles mit sich geschehen, stumm, wie erstarrt. Und als er nicht wiederkam, erhängte sie sich in der alten Kapelle.

Am Ernst ihres Selbstmordversuchs war kein Zweifel möglich. Schillernd blieb nur das Motiv. Die Botschaft, die er aus ihrer Handlung zu dechiffrieren suchte: war es Rache oder die glühende Hoffnung, durch ihren Tod wieder in den verlorenen Stand der Liebe zu treten?

Nun: sie wurde gerettet, und sie wurde geliebt. Von einer alternden Nonne, für deren widernatürliches Herz Mirjam die schöne und verbotene Beute war.

Aber war dies nicht Mirjams gefährliche Eigenart? Eine warme und süße Widerspenstigkeit, der Lockruf der Verängstigung, der die schwarzen Schwestern zur Verfolgung verführte, zu Jägern erwählte? Gemeinsam schlugen sie die Krallen grausamer Frömmigkeit in ihre kleine lebendige Beute.

Der Vater, gehaßt nun und noch immer geliebt, zeugte einen Halbbruder mit der zwei-

ten, anderen Frau. (Wie sehr mußte Mirjam die Vorstellung ehelicher Zärtlichkeit gequält haben!) Er kam zur Welt, gerade, als ihre Mutter in der Gaskammer eines Konzentrationslagers starb.
Mirjams Reaktion war eine merkwürdige. Mit ihrem ganzen Leib antwortete sie leidenschaftlich auf diesen Schmerz. Sie streifte ihre Mädchenhaftigkeit ab wie eine tote Haut. Unheimlich rasch reifte sie zu einer bösen und feindseligen Schönheit heran: scharf wie ein Schwert. Aber noch zögerte sie, es zu führen. Zum letzten Mal nahm sie, eindringlicher als je zuvor, den verführenden, aufstachelnden Charakter der Beute an. Mit dem grellen Zeichen des Judensterns lockte sie ihre Jäger an, forderte sie selbstmörderisch zu ihrer Vernichtung heraus.
Sie wurde gerettet. Zum zweiten Mal gerettet von jener unglücklichen Nonne, die sie ihrem doppelgängerischen Bruder zuführte und starb.
Von da an geschah Mirjams Verwandlung, befremdend, unheimlich wie alle Verwandlungen. Die innerste Bedeutung ihres Wesens änderte sich, schlug um: Die Beute wurde zur Jägerin.
Max Bittner wurde ihr erstes Opfer. Wie eine zauberische Krankheit höhlte sie ihn langsam von innen aus: ein von hemmungslosem Haß verzehrtes Kind in den Armen dieses als tote Nonne verkleideten Zwitters, berauscht von ihrer Macht, zu demütigen.
Die folgenden Jahre blieben undurchdringlich. Was war damals auf der Flucht wirklich gesche-

hen? Hatte Mirjam ihren Halbbruder in mörderischer Absicht vor den Zug gestoßen? Oder war es ein Unfall. Warum hatte sie Max Bittner geheiratet? Und wann hatte sie angefangen, ihn zu betrügen ...

Tarski beschwor die nächtliche Szene in der „Großfürstin", als er Mirjam zum ersten Mal erblickt hatte: tanzend und nackt. Wie eine Wahnwitzige hatte sie sich, im Rhythmus der Verzweiflung, um sich selbst gedreht. Die Warnung der Großfürstin: „Laß die Kleine, der ist nicht mehr zu helfen. Kaputt!" und Mirjam, in sich zusammensinkend wie eine schöne leblose Puppe, deren Mechanismus zerbrochen ist. Und später: Mirjam, in roten Samt gekleidet und totenblaß, wie sie die Balalaika auf dem Boden zertrat. Jene Balalaika, auf der er die frommen alten Hymnen gespielt hatte.

„Jauchzet dem Herrn!"

„Würdig ist es und geziemend
Anzubeten den Vater ..."

Wie ihr Gesicht sich vor Haß verzerrt hatte, während unter ihren Füßen das Instrument splitterte und ächzte.

Mirjams ruhmloser Einzug im Krankenhaus. Maßloser Abusus in Venere et Baccho. Seine erste Visite. Wie zornig hatte sie ihr tränenüberströmtes Gesicht vor ihm zu verbergen gesucht. Ein anderes Gesicht, grau und streng, schob sich dazwischen. Wieder fühlte er die kalten Augen der Oberschwester auf seiner Haut wie Metall: „Sie ist vom Teufel besessen!" Hörte Max Bittner im Atelier ihres toten Liebhabers flüstern: „Sie wird sich zugrunde richten,

so rasch sie nur kann. Es ist etwas Krankhaftes in ihr. Eine Sucht, sich selbst zu zerstören!"
Und, fühlte Tarski, beim Sturz in ihren Abgrund möglichst viele Opfer mit sich zu reißen. Da war ein junges Geschöpf, schön, intelligent und empfindlich, das sich selbst mit unauslöschlichem Haß verfolgte. Mirjam, die Jägerin, hetzte Mirjam, die Beute. Der Kreis schloß sich.
„Ich habe Mitleid", sprach Tarski laut in die Dunkelheit. „Aber Mitleid ohne Liebe ist etwas Ungeheuerliches! Eine Unkeuschheit des Herzens. Nichts, nichts wird dabei erlöst. Mein Gott: gib mir die Liebe oder nimm von mir die Krankheit des Mitleids."

Die Großfürstin

WIE eine Taube stieg ein grauer Sonntag aus dem Abgrund dieser Nacht. In der Halle hing schon der Adventkranz. Tarski traf die Oberschwester auf einer Leiter, die erste Kerze anzündend. In ihrer weißen Tracht glich sie der Parodie eines Engels.

Sie erwiderte seinen Gruß nicht. Die frische, bittere Würze der Tannenzweige mischte sich mit dem abweisenden Geruch der Antiseptika. „Eine Patientin", erklärte sie scharf, „kam heute nacht aus Ihrem Zimmer. Die Regel verbietet solche Besuche!"

Die Kerze begann zu brennen. In ihrem Glanz erschien Tarski das Gesicht der Oberschwester merkwürdig tot. Verwelkte Strenge. Angst bemächtigte sich seiner. Ihm war, als trüge die ganze Welt dieses strenge, tote Gesicht, als wäre die ganze Erde verwelkt.

Würde sie einmal erblühen? Es war ja Advent, die Zeit der Erwartung. Der dreifachen Ankunft des Erlösers: im Fleische, im Geist, in der Herrlichkeit. Und die Zeit der Gespenster. Der Hexen, Irrlichter und schwarzen Hunde.

Das dünne Lächeln der Oberschwester, selbstzufrieden und grausam, versengte alles Lebendige. Und noch immer starrte Tarski schweigend in die Wüste ihres Richtergesichts.

In diesem Augenblick veränderte sich alles. Der Tannengeruch wurde schal, und die Kerze verlor ihren Glanz. Es war, als wäre der große grüne Adventkranz gestorben und hinge vergessen im Raum: ein dürres, armseliges Requisit. Als hätte irgendetwas Fremdes seine grüne Seele verschlungen. Etwas Fremdes, Ungestümes, das näher und näher kam.

Und nun erkannten sie es: einen alles überwältigenden Duft, eine betäubende Wolke, in der sich die phantastische Gestalt der Großfürstin über die Treppe heranwälzte. Mit der Würde eines schönen und schweren Tieres schreitend, verwandelte sie das Krankenhaus sogleich in den weißen Rahmen, der ihr Bild leuchtend in die Tiefe des Raums schleuderte. Auf dem roten, kühn aufgetürmten Haar schwankte ein Samthut mit glänzender Rabenfeder. Ein Schleier verhüllte ihr Gesicht, in dem alles groß und abenteuerlich war: die Piratennase zwischen den rosigen Riffen ihrer verwitterten Wangen, das Feuer der Augen, der königliche Mund. Sie winkte Jaroslaw Tarski und der Oberschwester zu wie alten Bekannten und verschwand, während die beiden ihr noch nachstarrten, in Mirjams Zimmer.

„Kennen Sie diese Person?“ fragte die Oberschwester scharf. Tarski zuckte die Achseln. „Das war die Großfürstin“, murmelte er. „Sie ist die Besitzerin eines russischen Nachtlokals. Nein, eigentlich kenne ich sie nicht.“

„Großfürstin!“ Die Oberschwester lachte trokken. „Eine alte Kokotte, die sich jetzt wohl mit Kuppelei befaßt. Zweifellos ein willkommener Besuch für Ihre Patientin! Trotzdem muß man sie entfernen, und zwar sofort.“

Sie kletterte schwerfällig von der Leiter und

eilte mit plumpen Schritten durch den Gang. Tarski folgte ihr, und knapp hintereinander drangen sie in Mirjams Zimmer ein.
Die Großfürstin stand in der Mitte des kahlen kleinen Raums, den ihre grelle Erscheinung fast sprengte. Mirjam lag in ihren Armen. Sie mußte bei ihrem Anblick aus dem Bett gesprungen und geradewegs an ihre gewaltigen Brüste geflogen sein. Sie lachte und weinte in einem Atem, während die Großfürstin sich über sie neigte, mit einem Ausdruck, der Tarski betroffen stillstehen ließ: Es war die vollkommene Verschmelzung von Wollust und Mütterlichkeit, die ihn erschreckte. Wie das Leuchten eines fernen Gewitters tauchte sie einen Moment lang alles Vertraute in das Geheimnis eines fremden, magischen Lichts.
Tarski war wie gelähmt. Die Oberschwester aber riß mit ihren knochigen Fäusten Mirjam aus dieser seltsamen Umarmung. Ihr starres Matronengesicht überzog sich abermals mit dieser dünnen, fleckigen Röte. „Gehen Sie in Ihr Bett zurück", befahl sie mit eisiger Stimme. „Gehen Sie sofort zurück in Ihr Bett!"
Verängstigt stand Mirjam zwischen den beiden um vieles größeren Frauen: der Richterin im weißen Engelsgewand und der alten Kupplerin mit dem parfümierten, verbuhlten, mit dem köstlich verschwenderischen Fleisch.
„Herzchen", gurrte die Großfürstin. Ihre Stimme war wie ein dunkler, heißer, grünschillernder Sumpf, der alles aufsaugte. „Komm, Herzchen! Was will dieser arme gerupfte Vogel von dir?"
Sie versanken: die hagere Nonne, die vier wei-

ßen Wände, das Krankenbett. Ja ihm war, als zöge der geheimnisvolle Sumpf auch ihn selbst in seinen heißen Schoß, und benommen fühlte er das sanfte Geißeln summender Mückenschwärme auf seinem Gesicht. Dies ist giftig! dachte er und fuhr sich mit der Hand über Augen und Stirn. Dies alles ist giftig. Giftig.

Das lebendige Gewebe der Vision zerriß, und eine aufgetakelte, ordinäre Person ging zeternd auf die Oberschwester los: „Du Geier", höhnte sie, „du Aasfresser! Noch kriegst du sie nicht! Noch ist sie lebendig und gehört mir! In meinem Bett hat sie geschlafen, und ich habe mit ihren kleinen Brüsten gespielt. Ich hab sie geschlagen. Und ich hab sie geküßt. Ich gab ihrem nackten Leib Freude . . ."

„Gehen Sie!" befahl die Oberschwester ruhig. Während der wüsten Beschuldigungen der Großfürstin schien sie noch größer, noch strenger, noch hagerer geworden zu sein. Sie war unversehrt. Umspült von einer trüben Flut gehässiger Worte, bewahrte sie die Reinheit und Härte eines Steins. Nun hob sie den Arm und wies mit der knochigen Hand auf die Tür: „Verlassen Sie die Patientin! Sie selbst haben sie krank gemacht. Nun gönnen Sie ihr den Frieden!"

Sie trat einen Schritt vor. Tarski bemerkte, daß ihr Schatten schwarz und starr vor Mirjams bloße Füße fiel. Wie eine Traumgrenze, unüberschreitbar. Da vernahm er den Schrei der Großfürstin:

„Komm zu mir! Komm zurück, Herzchen! Ich nehme dich mit. Du wirst wieder tanzen. Trinken. Lieben wirst du . . ." Ihre Stimme brach gurgelnd ab. Tränen verschmierten die leuchtenden Farben auf ihrem Gesicht. Sie begann sich, beide Arme nach Mirjam ausgestreckt, lokkend in ihren fetten Hüften zu wiegen. Es war ein Anblick von grotesker Majestät: erhaben und lächerlich.

Mirjam gab keine Antwort. Ihre Augen waren auf Tarski gerichtet, flehend und unnatürlich groß. Mit einem Ausdruck von Demut und Feierlichkeit, der ihm aus Kinderzeiten vertraut war. Er suchte die vergessene Bedeutung, aber etwas in ihm leistete hartnäckig Widerstand. So erfühlte er nur dumpf eine geistige Landschaft, die leere Bühne des verlorenen Spiels: goldene Türme, düsteres, von betäubendem Rauch erfülltes, balsamisches Licht. Die verzückte Spirale einer Stimme ...

In diesem Augenblick löste Tarski sich aus dem Hintergrund und trat an die Seite der Oberschwester: „Verschwinden Sie!" herrschte er die Großfürstin an. Seine Worte schnellten wie Kugeln durch den Raum, und auf einmal hatte er das Gefühl, sie verwundeten nicht die Großfürstin, sondern Mirjam. Mirjam, die getroffen in sich zusammensank: eine schöne, leblose Puppe.

Aber umso wütender griff Tarski die Großfürstin an: „Als Arzt verbiete ich Ihnen, zu bleiben. Und kommen Sie nicht wieder. Kommen Sie nie mehr wieder, hören Sie? Niemals!" Seine Stimme war wie eine Peitsche, und er erschrak über den wie Feuer aus ihm schlagenden Haß. In der Tiefe seines Wesens flatterte, ein weißer Falter, die verlorene Erinnerung.

Gemeinsam mit der Oberschwester vertrieb er

die Großfürstin. Sie tobte, als beide sie zur Tür hinausdrängten. Ihre schwarzen Augen schleuderten Blitze, und aus dem Vulkan ihres großen heißen Mundes brach ein reißender Strom wilder Verwünschungen.
Der weiße Falter der Erinnerung zerfiel zu Staub, während die letzten Worte in den leeren Gängen verhallten: „Ihr Lügner, ihr scheinheiligen Mörder! Verflucht sollt ihr sein! Verflucht!“
Die Großfürstin war fort. Und wieder atmete Tarski den strengen, abweisenden Geruch der Sterilisation. Die Antiseptika triumphierten über den leidenschaftlichen Rausch des Parfums. Die Keimfreiheit hatte gesiegt. Das Krankenhaus war wieder entseucht.
Entseucht wovon? dachte Tarski bestürzt. Entseucht vom Fleisch? Vom Blut? Vom Leben selbst? Was hatte er nur getan, als er die Großfürstin verjagte!
Er starrte auf den unscheinbaren Adventkranz, die weiße Kerze, die langsam vertropfte, an ihrer kleinen Flamme dahinschmolz. Ihn fröstelte, als die hagere, verwelkte Gestalt in der Ordenstracht vorüberschritt.
Er hatte sich mit der Oberschwester verbündet: mit der Richterin, mit dem Tod.

Die Christus-Ikone

ALLEIN kehrte Tarski in Mirjams Zimmer zurück. Sie mußte ihn erwartet haben. Gespannt und aufrecht saß sie in ihrem Bett und lächelte. Ein feierliches Lächeln, und dabei blickte sie unverwandt zu ihm auf. Ihre Augen hatten einen großen, fiebrigen Glanz. Und dieser Glanz war es, den er nun mit einem Schlag wiedererkannte. Noch einmal erstanden die goldenen Kuppeln, die einsame Kapaunstimme des Vorbeters im weihrauchdurchwirkten Licht, die dunklen Ikonen: Fenster ins Ewige, durch welche die Himmlischen, in die Strenge ihrer goldenen Aura gebannt, unbewegt in diese Welt hereinblickten.

Da war besonders eine Ikone in der Kirche seiner Knabenzeit, vor der die Gläubigen sich gedrängt hatten: ‚Christus in der Vorhölle'. Im Glanz der Mandelglorie löscht der Erlöser die Sünde der Welt und setzt seinen goldenen Fuß auf die zertrümmerte Pforte der Hölle. Aus schwarzen Sarkophagen steigen Adam und Eva. Christus wendet sein schönes dunkles Gesicht voll Liebe dem Adam zu und reicht ihm die Hand, während Eva zu seiner Linken, im roten Kleid, vergeblich um Rettung fleht.

War es nicht Evas beschwörender Blick, den er in Mirjams Augen erkannte? Beklommen sah Tarski, wie sie ihre Arme nach ihm ausstreckte. „Helfen Sie mir", flüsterte sie. „Helfen Sie mir." Und sie wiederholte diesen einen Satz unabläs-

sig mit der monotonen Besessenheit eines Gebets: „Helfen Sie mir . . ."
Unbehaglich wich Tarski zurück, während Mirjam ihn leuchtend anstarrte wie eine Erscheinung, wie ein schönes Gespenst. Plötzlich begannen in seinen Ohren alle vor jener wundertätigen Christusikone gesprochenen Gebete zu summen wie eingeschlossene Fliegen: „Erlöse uns, Sohn Gottes, der Du von den Toten auferstanden. Erlöse uns!"
Mirjam glitt aus dem Bett. Mit einem wahnsinnigen Lächeln kniete sie vor ihm nieder, wobei ihr düsteres kleines Gesicht sich in einem abstoßenden Rhythmus bewegte: „Erlösen Sie mich!"
Zorn stieg in ihm auf. Mitleid. Nein, nicht Zorn. Nicht Mitleid. Es waren ganz andere Gefühle, seiner Vernunft entfliehend durch ununterbrochene Verwandlung. Gefühle mit schwarzen Masken, wie Tänzer sie tragen. Oder Verbrecher, dachte er.
Von einer maßlosen Verführung ergriffen, senkte Jaroslaw Tarski sein dunkles Gesicht mit den hohen Backenknochen, den grauen Augen, die sich mit einer kalten Wildheit in alle Dinge bohrten, auf Mirjams Scheitel.
„Ich träume jede Nacht, daß ich zum Tod verurteilt bin. Von zwei Wächtern ohne Gesicht werde ich zur Hinrichtung geführt. Durch eine lange Gasse. Sie wird immer dunkler. Immer enger. Ich habe Angst. Angst!"
Mirjams Stimme flatterte schreckhaft, zerbrach im Raum. Sie erinnerte ihn plötzlich an den verwundeten Vogel, den er eines Tages am Wegrand gefunden hatte. An einem ganz bestimm-

ten, regenverhangenen Tag auf einem ganz bestimmten, von schwarzen Wasserlachen bedeckten Weg, er führte durch den Friedhof, wo man Mama soeben begraben hatte. Nun lag sie in ihrem eleganten Sarg unter Erde und Schlamm, und alle gingen davon, ließen sie in diesem schrecklichen, schrecklichen Regen allein. Da fand Jaro den Vogel. Er blutete nur ganz schwach. Verstohlen bückte er sich, niemand bemerkte es. Die roten Nasen der Tanten wandelten unverdrossen unter kahlen Bäumen. Der kleine Singvogel fühlte sich so warm an, vielleicht lebte er noch. Des Knaben Haar troff vor Nässe. Ganz langsam hob er den Vogel an seinen Mund und küßte den flaumigen Leib. Er spürte ein Zucken auf seinen Lippen, ein zartes Pulsen und Pochen. Da entdeckte er das auf ihn starrende Vogelauge, winzig und fremd, durch das sein Bild nun in diesen sterbenden Tierleib glitt, einging in die zitternde Tierminute zwischen Leben und Tod. Ihn schwindelte plötzlich. Seine Kiefer verkrampften sich. Er hörte ein schwaches Knirschen. „Pfui!" schrie eine der Tanten auf. „Was hast du gemacht? Dein Mund ist voll Blut! Und voll Federn . . ."

Jaroslaw Tarski stürzte aus Mirjams Zimmer. Schweißperlen standen auf seiner Stirn. Er keuchte. Lautlos trat ihm die Oberschwester entgegen. Hatte sie gehorcht? Wie lange schlich sie schon da draußen herum?
Sie verstellte ihm den Weg. Der dünne, kalte Strich ihres Mundes geriet in Bewegung, die farblosen Lippen schoben sich langsam, kaum

merklich auseinander, eine anstößige Gebärde: sie lächelte. Die Richterin lächelte ihm, ihrem Komplizen, mit einer furchtbaren Vertraulichkeit zu.
In diesem Lächeln, das wie ein scharfes Messer Recht und Unrecht schied, wurde er zum ersten Mal freigesprochen von der Sünde seiner personalen Existenz und aufgenommen ins Reich der Gerechten. Und in diesem Lächeln, welches das Leben reinigte, indem es das Leben verdammte, entschied Tarski sich gegen das Reich.
Verzweifelt kehrte er um, Schritt für Schritt den Weg zurückgehend, den er gekommen war. „Sie haben etwas vergessen!“ rief die Oberschwester ihm nach. Und sie drückte ihm ein kleines schwarzes Buch in die Hand. Das Gebetbuch des toten Malers, es mußte ihm während des Handgemenges mit der Großfürstin aus der Tasche geglitten sein.

Tarski traf Mirjam in der gleichen Pose, in welcher er sie verlassen hatte, an. Als wäre sie versteinert. Das lange schwarze Haar verhüllte ihr Gesicht, nur die Augen dahinter bewegten sich ruhelos, so, als fänden sie keinen Halt an den Dingen mehr.
Leise rief er ihren Namen. Sie gab keine Antwort. Stumm lag sie zu seinen Füßen, so schön, so zerstört. Wie die Stadt! durchfuhr es Tarski. Die Stadt, die weder leben konnte, noch sterben.
Mirjam.
Die Stadt.
Mirjam.

Die Stadt.
Ein dumpfes Hämmern von Worten in seinem Gehirn. Zwei Bilder, die sich unablässig ineinander verwandelten. Die Erkenntnis ihrer Identität bestürzte ihn. Da umschlangen ihn Mirjams Arme, umschlangen ihn würgend und süß, und roter Staub tanzte im Zimmer.
Mit seinen scharfen grauen Augen versuchte Tarski diesen blinden roten Staub zu durchdringen, zu erkennen, was hinter ihm lag. Wie stets in solchen Momenten von der Angst verzehrt, daß *nichts* hinter der Leidenschaft lag, daß sie, Maske und Schein, nur den Abgrund verbarg, die Leere, den Tod.
Der Tod und das Reich. Die Sünde und das Gesetz. Wieder sah er das Lächeln der Oberschwester. Dieses starre, selbstzufriedene Lächeln der Gerechtigkeit, unter dem die ganze Erde verwelkte. Und ihm graute.
Nein, dann schon lieber den Tod, die Sünde, den Fall. Dann schon lieber in einen Abgrund stürzen, sich an nichts mehr festklammernd, an nichts mehr. Dann schon lieber den schwarzen Schoß dieses schönen, ganz und gar bitteren Mädchens küssen.
Plötzlich bemerkte er das regungslos auf ihn starrende Auge, durch das sein Bild einging in diesen dunklen Mädchenleib wie ein Fremder in ein fremdes Land. Ihn schwindelte. Seine Kiefer verkrampften sich. Mirjam schrie auf. Ihre Augen weiteten sich vor Schmerz. Das Feuer erlosch. Der Glanz . . .

Der Angeklagte

SCHWEIGEND verließ er Mirjam. Schlich, mißtrauisch durch dunkle Korridore spähend, davon. Das Unbehagen folgte ihm. Eine schwarze Wolke, schwärmten die Gedanken aus seinem Kopf. Sie stachen ihn wie Mücken. Deutlich vernahm er trockenes Rascheln hinter sich, Schritte, überall Schritte, die ihn verfolgten. Mit einem Ruck drehte Tarski sich um.

Ein langer weißer Zug geistlicher Schwestern bewegte sich auf ihn zu. Wie große Fledermäuse saßen die Hauben auf ihren runzligen Köpfen. An ihrer Spitze, aufrecht und hager, die Oberschwester. Sah sie nicht aus wie ein verkleideter alter Mann?

Hastig eilte Tarski, einer Begegnung ausweichend, weiter. Die weiße Prozession folgte ihm auf den Fersen. Mit drohender Sanftheit, lautloser Gewalt trieb sie ihn vor sich her, über Treppen und Gänge; wie ein böser Traum. Tarski war wehrlos. Jeder Ausbruch bedeutete eine Konfrontation. Und doch hätte er kaum zu sagen vermocht, warum ihm davor, gerade davor, graute.

Zuletzt drängten die Nonnen ihn, ganz leise, ohne Berührung, durch die enge Pforte, aus der bläuliche Wolken Weihrauchs quollen. Die Kapelle, da und dort schon zerbröckelnd, wirkte trostlos und schäbig. An diesem Wintertag war sie überdies zugig und kalt. Die Schwestern formierten sich. Aus lauter einzelnen, kaum wahrnehmbaren Bewegungen bildete sich in der Dämmerung eine helle geometrische Figur: die Figur der Andacht. Der Anstaltsgeistliche, ein düsterer Mensch im violetten Gewand der Buße, zelebrierte die erste Adventmesse.

Tarski lauschte, in die hinterste Ecke gedrückt, der leidenschaftlichen Stimme: „Erhebet eure Häupter, denn es naht eure Erlösung!“ Dann sangen alle Nonnen, die Gesichter hoch emporgehoben wie Blinde, den Psalm des Isaias:

Tauet, Himmel, den Gerechten,
Wolken, regnet ihn herab . . .

Der Weihrauch wurde immer undurchdringlicher. Der Weihrauch verschlang die Welt. Tarski fror. Der Chor der Betenden wurde zur schimmernden Kulisse, aus welcher das Credo der Oberschwester rein und gnadenlos aufstieg:

„Von dannen Er kommen wird
Zu richten —“

Die Kulissen versanken. Wie eine durchsichtige, gespenstische Blüte entfaltete die Stille ihren vollkommenen Kelch. Die Kapelle war leer. Die Welt war leer. Er blieb allein in einer schwarzen, unermeßlichen Öde. Allein mit dieser Stimme aus Eis:

Zu richten —
Zu richten —

Aus dem wesenlosen Raum sprang ihn, mit abscheulicher Zärtlichkeit, eine Erinnerung an. Kehrte, ein verlorenes Bild, mit hündischer Treue in ihn zurück:

Ein fliegendurchsummtes polnisches Kaffee-

haus. Grüner, abgewetzter Plüsch. Der Ober, ein würdevolles Skelett in Schwarz, näherte sich mit der Zeitung. Durch das offene Fenster wehte Sommerluft. Die staubigen grünen Blätter eines Baums. Lauwarmer Kaffee, den Tarski gedankenverloren umrührte. Ein träger Uhrzeiger an der fleckigen Wand. Das Rascheln der Zeitung. Die Schlagzeile, fettgedruckt: VERFEHLUNGEN EINES ARZTES.
Dieser unsichtbare Vogel, der auf einmal wie irr zu pfeifen begann. Ein süßes Delirium. Jäh verstummte er. Und wiederum Stille: ein grüner, schlammiger Teich.
Zerstreut folgte Tarski den flimmernden schwarzen Buchstaben. Der Name eines angesehenen Arztes. Ein bekannter Verteidiger. Das Bild einer nicht mehr jungen Frau mit schönen, etwas schweren Gesichtszügen. Darunter: ein schwarzes Kreuz. „Der Angeklagte leugnet nicht, in unerlaubten Beziehungen zu seiner Patientin gestanden zu sein . . ."
Der rote, schwingende Saum eines Rocks. Ein Geruch von Äpfeln und süßem Heu. Tarski sprang auf. Die Zeitung flatterte zu Boden. Vor ihm stand die achtzehnjährige Ljuba: warm, weich, leuchtend wie jener Sommertag. Sie lachte. Ihre Haut war so braun, mit einem Hauch von Kirschen und Gold. Einmal hatte er ein Gedicht auf sie gemacht. Die Übersetzung aus dem Polnischen lautete etwa:
Du bist das Haus auf der Wiese.
Die Sonne hat dein Dach vergoldet.
In deinem Garten wachsen Margeriten und Paradeiser.
Stets stellte ich mir so den Frieden vor.

„Komme ich spät, Jaro?“ ihre Stimme war ein Laubengang, schattig und grün. War Sommer, Erfrischung und Ländlichkeit. Hand in Hand liefen sie zum Fluß, um zu baden. Später lag er, den Kopf in ihrem Schoß, und schaute den Wolken nach. Sie summte irgend etwas. Ein Lied. Von Zeit zu Zeit löste sich ein klarer Wassertropfen von ihrer Haut und fiel auf sein Gesicht. Er wünschte nichts. Oh dieses Gefühl von Heimat und Glück!
Ein trockenes Schluchzen. Hastig griff Tarski sich an die Kehle. Der jäh in die Stille einbrechende Gesang der Nonnen. Auf den Stufen kniete der Priester. Die weiße Flamme seiner gefalteten Hände: das Gebet.
Du bist das Haus auf der Wiese ... Aber das Haus war eingestürzt und hatte alles begraben. Es gab kein Haus mehr. Es gab auch keine Wiese. Keinen Garten. Und, wer weiß: vielleicht hatte es dies alles niemals gegeben? Niemals.
Plötzlich fühlte Tarski den prüfenden Blick der Oberschwester. Fühlte ihn auf sich lasten wie ein ungeheures Gewicht, Jahrtausende schwer, das ihn erdrückte. Ein Gewicht wie der Tod.
Der Gedanke an Mirjam fiel in sein Herz. Wie ein schwarzer Schatten, den die große weiße Gestalt der Oberschwester warf. Zum ersten Mal begriff Tarski die Einheit beider Erscheinungen, ihre tragische Unauflöslichkeit: Richter und Sünderin. Mochte man ihnen getrennt begegnen! Sie speisten sich gegenseitig wie Quellen. Verliehen einander Leben und Tod. Und nur gemeinsam würden sie einst sterben, zugleich mit dem Gesetz.

Merkwürdig, dachte Tarski. Ich liebe sie nicht. Ich liebe Mirjam nicht! Ich liebe sie so wenig, wie ich mich selbst liebe. Und, mit geschlossenen Augen, flüsterte er noch einmal die sinnlos gewordenen Verse:

Die Sonne hat dein Dach vergoldet.
In deinem Garten . . .

Ein zu Boden flatterndes Zeitungsblatt. Das schwarze Kreuz.
Der Angeklagte leugnet nicht
Der Angeklagte leugnet
Der Angeklagte

Weißer Dämon

AM Abend saß Tarski am Fenster seines Zimmers und starrte in den Garten. Von Zeit zu Zeit kratzte er mit dem Fingernagel langsam die Eisblumen vom Glas.
Der Mond war sehr klein und weiß. Mit der Dämonie des Trostlosen stachen zwei Bäume, schwarze Fischskelette, in den Himmel.
Er dachte an Mirjam. An den merkwürdig bitteren Duft ihres Schoßes. Die Lust war Täuschung. Eine rote Maske, deren Trägerin das Grauen war. Hinter der Sinnlichkeit wurde die Hölle sichtbar.
Jemand klopfte an seine Tür, leise und drängend. Doch Tarski hatte sich eingeschlossen. Lange saß er so und hörte nicht auf, die Eisblumen vom Fenster zu kratzen.
Später, als er sich auskleidete, geriet das Gebetbuch des toten Malers in seine Hände. Geistesabwesend schlug er es auf und las:
„Freitag, 24. Mai. Heute habe ich mich in eine Rose verwandelt . . .“
Rasch schloß er das schwarze Buch. Er war so bestürzt, als hätte er unversehens etwas Lebendiges, Intimes berührt. So, wie man in der Dunkelheit plötzlich in ein menschliches Gesicht greift und erschrickt. Er hatte nicht gewußt, daß es sich um persönliche Notizen des Toten handelte, eine Art Tagebuch.
Tarski versuchte, das Gelesene zu vergessen. Doch an seine Stelle trat, als hätte er lange im

Finstern auf diesen Moment gelauert, der Tote selbst. Ganz deutlich vernahm der Arzt wieder das dumpfe Geräusch, mit dem der Sarg verschlossen wurde. Dieses schreckliche Hämmern, das so endgültig war. So endgültig. Mit einem Mal begriff er, daß draußen jemand mit Fäusten an seine Tür trommelte. Nicht mehr zaghaft, wie vorhin. Wahrscheinlich handelte es sich um zwei verschiedene Personen. Mit angehaltenem Atem wartete Tarski, bis schwere Schritte sich auf dem Gang allmählich verloren.
Tarski lachte plötzlich. Sein hochmütiges Gesicht verzerrte sich. Das Fenster war wieder zugefroren. Oh diese schönen, schönen Gespinste aus Eis! Mit einer raschen, verstohlenen Bewegung schlug er das intime Tagebuch auf und versenkte sich in dieses fremde Leben, wie ein selbstmörderisch Trauriger sich an der einsamsten Stelle eines Flusses versenken mag, in einer Landschaft, die vielleicht grün ist und vogeldurchschwirrt.
Tief in die Nacht hinein brannte seine Lampe. Die Stille nahm die durchsichtige Farbe des Bernsteins an. Ein schleichender Prozeß ohne Zeugen verwandelte Tarski geheimnisvoll in das, was er las.

„30. September 1944. Heute lieh ich mir ein altes Motorrad und fuhr damit aufs Land. Die Alarmsirenen heulten gerade. Hinter mir hörte ich das Einschlagen der Bomben, vor mir sah ich kleine Bauernhäuser, Kornfelder in der Sonne. Der Tag war so blank wie ein Spiegel. Einmal lief mir ein großer weißer Gänserich nach. Und gleich darauf passierte es: ich habe eine Katze überfahren. Es war eine graue, magere Katze. Als ich mich umdrehte, wälzte sie sich im Staub. Sie zuckte. Das heißt: nicht die Katze! Die gab es nicht mehr, obwohl das Ding, das unheimliche Ding, noch so aussah. Aber in Wirklichkeit war es nur mehr ein Kopf, Pfoten und Fell. Irgendwie war dies alles auf einmal ohne Zusammenhang, so daß jeder Teil ganz allein sich bewegte ... Etwas Auseinanderstrebendes, Chaotisches. Ich begriff, daß der Tod die Auflösung ist. Eine Auflösung in Teile, die mit dem Ganzen, das sie vorher gewesen sind, keine Ähnlichkeit haben. Ich fürchte mich! Die ganze Welt ist verändert ..."

Erst im November des folgenden Jahres, kurz, bevor das Tagebuch jäh abbrach, tauchte Mirjams Name zum ersten Mal auf. Vorher nannte er sie mit einer Mischung aus Zärtlichkeit und Schwermut: Lanotte.

„Es begann auf einer Hochzeit", hatte Mirjam mit ihrer tiefen, eigentümlich gebrochenen Stimme erzählt. „Wir waren unter den Gästen. Der Tag war so dunkel. Viele Kerzen brannten. Sie flackerten, der Wind wehte durch die zerbrochenen Kirchenfenster. Wir schauten einander an ..."

(Ihr ungestümes Lächeln, das fast schon ein Schluchzen war.)

„Wir schauten einander an." Dieselben Worte hatte Michael an jenem gewittrigen Frühlingstag niedergeschrieben:

„... Sie war schwarz und traurig wie die Nacht. Und auch so fremd. So phantastisch. Als

könnte man sich in ihr verirren und nie mehr zurückfinden. In meinem Herzen nannte ich sie la notte. Aber mit französischer Aussprache, wo das Ende sich im Ungewissen verliert. Lanotte . . ."
Nun fehlten ein paar Blätter. Jemand, wahrscheinlich Michael selbst, hatte sie mit einem scharfen Gegenstand geschickt entfernt. Wie eine Operation, dachte Tarski. Die blassen Buchstaben wurden immer unruhiger. Sie wirkten merkwürdig zerzaust. Wie Gräser im Wind.
„Heute kam Lanotte. Schweigend und atemlos stand sie in der Tür. Sie ging in meinem Atelier auf und ab und betrachtete alles mit gereizter, finsterer Miene. ‚Warum leben Sie allein?' fragte sie beinahe zornig. Ich erklärte es ihr. Als ich zu der Stelle kam, wo die Soldaten meine Mutter und Großmutter erschossen, nachdem sie zuvor beide . . . An jener Stelle konnte ich nicht weitersprechen. Lanotte preßte blitzschnell und ohne mich dabei anzusehen meine Hand. Es tat sehr weh. ‚Ich stelle mir den Tod immer weiß vor', sagte sie. ‚Ganz weiß.' Plötzlich fing sie mit langgezogener, blecherner Stimme nach der ordinären Melodie eines Gassenhauers zu singen an:
‚Sein Haupt und seine Haare waren weiß wie weiße Wolle, wie Schnee, und seine Augen wie Feuerflammen, seine Füße wie im Ofen geglühtes Erz und seine Stimme wie Rauschen großer Wasser . . . und sprach . . . Ich bin der Erste und der Letzte und der Lebendige, ich war tot, und siehe, ich bin lebendig!'

Sie brach mit einem falschen Ton ab, es klang

halb schaurig und halb gemein. Mit einem unbeschreiblichen Lächeln schaute sie mich an. Und, immer weiterlächelnd, stieß sie ihre Fußspitze in eins meiner Blumenbilder. ‚Lauter Dreck‘, bemerkte sie verächtlich. ‚Was Sie malen, ist lauter Dreck!‘
Lanotte ist fast ein Jahr älter als ich. In diesem Moment konnte ich an nichts anderes denken als an diesen Unterschied. Unvermittelt richtete sie ihre Blicke mit einem solchen Feuer auf mich, daß ich das Gefühl hatte, sie galoppierten wie schwarze Pferde durch mich hindurch und davon, immer weiter davon, so als könnte nichts mehr sie aufhalten. ‚Wissen Sie, wie es weitergeht?‘ flüsterte sie. ‚Ein Dämon sitzt auf dem Thron. Und vor dem Thron ist ein gläsernes Meer, und rings um den Thron vier lebende Wesen, überall mit Augen bedeckt. Sie haben keine Ruhe Tag und Nacht und rufen: Heilig! Heilig! Heilig!‘ Während der letzten Worte hatte sie angefangen, sich um sich selbst zu drehen wie im Tanz, und sie riß sich die Kleider vom Leib und schleuderte sie von sich. ‚Ich kann nicht mehr aufhören‘, schrie sie. ‚Ich kann nicht mehr ... Ich bin in einem Zyklon. Heilig! Heilig!‘ Sie lachte, und dabei stürzten ihr Tränen in die Augen.

Sie war so schön. So schön. Ich habe sie gezeichnet. Hielt sie fest, obwohl ich zitterte. Ich bannte ihr Bild. Und dabei mußte ich immerzu denken, daß Bannen eigentlich heißt, einen bösen Geist seiner Macht zu berauben. Mir war, als würde ich Lanotte töten. Ich zerriß das Blatt.“

„Sonntag. Lanotte kam, beide Arme voll Blumen. Sie glich einer dunklen Prinzessin. Mit einer wilden Bewegung warf sie die Blumen einfach in die Luft. Sie wirbelten durch mein Atelier und bedeckten den ganzen Boden.
‚Ich hielt Sie für einen bösen Geist', sagte ich leise. Sie küßte mich. Ich habe nicht gewußt, daß ein Mund so nackt sein kann. Es schmeckte wie Eiter und Blut. Ich habe meine Lippen zusammengepreßt."

„Freitag, 24. Mai. Heute habe ich mich in eine Rose verwandelt. Ich machte Feuer und verbrannte Lanottes Blumen. Eine Rose vergaß ich. Sie war betäubend rot. Ich schloß die Augen und sah eine Taube. Die weiße Taube des Heiligen Geistes. Ich kniete nieder. Betend verwandelte ich mich in die Rose. Ihr roter Kelch schloß sich gänzlich um mich. Die Welt meiner Ängste verging. Die Welt meiner Träume wurde zu Staub. Alles Geschaffene schwand. Nur die Sterne blieben. Ich fühlte sie, ohne zu sehen, auf meinem kalten Blumenfleisch. Der Sang der Vögel trommelte auf meine Blütenblätter und beschlug sie mit Schmerz. Der Regen war mein Feind und mein Geliebter. Er tränkte mich, während er versuchte, mich zu zerbrechen. Die Sonne aber, ein sich selbst in Ewigkeit als Licht entschleierndes Geheimnis, war Leben und Tod zugleich. Unter ihrer Glut blühte ich und verdarb. Ich glaube, daß Seele die Fähigkeit zur unbegrenzten Metamorphose ist. Es gibt nichts, in das ich mich nicht verwandeln könnte. Indem ich mich verwandle, verändere ich die Welt. Indem die Welt sich verändert, verwandelt sie mich. So wachsen wir beide, blühend und verderbend und wieder blühend, bis die jüngste Nacht anbricht, in der ich mich in Gott selbst verwandle."

Nun folgten mehrere Notizen unter Benützung des ionischen Alphabets. Dazwischen ab und zu ein deutsches Wort. Aneinandergereiht, ergaben sie kaum einen Sinn:

„... vierhändig ..... Messer ... grünt ... Geräusch ..... Geräusch ..."

Und, in immer groteskerer Wiederkehr, Lanottes Name. Ein graphisches Motiv in fortschreitender Verzerrung. So, als hätte der Schreiber die Buchstaben in gewissen Anfällen absichtlich verstümmelt: Lanotte. Lanotte. Lanotte.

„... Die Tage sind jetzt so hell, so spiegelnd und durchsichtig. In mir wächst ein sonderbares Gefühl der Unmenschlichkeit. Ein Gefühl, das mich wie ein seliger Mund aussaugt, bis ich ganz leicht bin, ganz leer. Ich bewege mich und verspüre keinen Widerstand. Als wäre ich aus Licht gemacht — eines der alten geflügelten Wesen mit Menschenantlitz und Schlangenleib. Manchmal habe ich die Wüstengesichte eines Asketen. Die Welt ist voll von Dämonen. Ich selbst bin von Dämonen erfüllt. Auf den Straßen sterben die Menschen. Der Hunger bläst sie auf wie grausige Kinderballons. Auch mein Gewicht schrumpft. Gestern wog ich nur mehr 44 Kilo ..."

Auf der folgenden Seite fand Tarski etwas Schwarzes: ein Büschel menschlicher Haare, mit pedantischer Sorgfältigkeit auf das sonst leere weiße Blatt geklebt. Spröde, lockige Haare, viel zu kurz, um von Mirjams Scheitel zu stammen. An den Wurzeln hingen winzige, kaum wahrnehmbare Hautfetzchen.
Tarski wendete sich ab. Etwas würgte ihn. Nein, nicht Ekel. Etwas anderes, das er nicht zu wissen wünschte, im Gegenteil. Im Gegenteil. Plötzlich schleuderte er das schwarze Buch mit Michaels intimen Aufzeichnungen zu Boden, sprang auf und begann, mit wütenden Schritten in seinem Zimmer auf und ab zu gehen. Und dabei murmelte er wie Verwünschungen unaufhörlich jene alten Verse an Ljuba. Oder vielleicht nicht wie Verwünschungen. Eher geistesabwesend. „Du bist das Haus auf der Wiese ..."

Der kleine Bruder

ALS Tarski am nächsten Morgen müde, mit entzündeten Augen und grauen Schatten auf den Wangen, seinen Dienst antrat, fiel ihm sofort eine gewisse Unruhe bei den Schwestern auf. Der Rhythmus ihrer leidenschaftlichen Bewegungen schien plötzlich gestört, ihr Schweigen hatte etwas Gepreßtes, und unter den weißen Stirnbinden liefen die Augen wie aufgestörte Tiere erschrocken hin und her.
Etwas später, er beugte sich gerade mit der Morphiumspritze über einen gelben, vertrockneten Arm, vergeblich nach einer weichen, lebendigen Stelle suchend, in die er seine Nadel hineinstechen könnte, trat die Oberschwester zu ihm. Wie immer, bemerkte er zuerst ihren Schatten; fühlte ihn als Kälte und Drohung auf seiner Haut.
„Der Chefarzt möchte Sie sprechen", sagte sie. Ihre Stimme war ausdruckslos. Und Tarski, mit nervös zuckenden Händen (die zusammengeschrumpfte Alte, der er die Spritze gab, fing zu greinen an wie ein Kind): „Ist etwas passiert?"
Die Oberschwester schaute ihn eigentümlich an: „Ich habe Sie gestern überall gesucht. Es war schon spät am Abend. Aber Sie waren nicht da."
Das schreckliche Hämmern an seiner Tür, während er, Tarski, die einsamen und verworrenen Wege eines Toten nachgegangen war, getrieben von einem dunklen Verlangen, sich selbst

zu begegnen. Nein, doch nicht sich selbst! Nicht sich selbst! Aber warum hatte er nicht geöffnet? Warum?
Wieder dachte er an den weißen Mond hinter dem glitzernd zugefrorenen Fenster, eine *innere* Szenerie. Spiegelbild seiner blinden, mit lauter winzigen Eiskristallen beschlagenen Seele. Dieses Hämmern, dem dumpfen Geräusch gleichend, mit dem ein Sarg geschlossen wird . . .
„Wie geht es ihr?" schrie Tarski auf. „Was ist geschehen? Wo ist sie?"
„Sie —?" entgegnete die Oberschwester scharf. Sie richtete sich hoch auf. „Wieso sie?" Ihr Mund krümmte sich, eine dünne rostige Klinge. „Ich war dagegen. Ich habe Sie gewarnt. Sie tragen die Verantwortung!" Und noch einmal, die alten Augen starr auf Tarski gerichtet: „Die volle Verantwortung!"

„Scherereien!" Der Chefarzt wiegte seinen rosigen, eiförmigen Kopf wie ein mißmutiges Kind. „Immer wieder Scherereien!" Er seufzte betrübt und warf Tarski einen langen, leidenden Blick zu.
Er war ein großer Chirurg. Mit damenhafter Eleganz schnitt er zierlich in krankes Fleisch, und alle Patienten rühmten seine Zartheit. Nun fuhr er ärgerlich mit seinem auffallend kurzen und dicken Zeigefinger durch die Luft. „Sehr peinlich, das Ganze", murmelte er.
„Haben Sie eine Ahnung? Irgendeine Vermutung?" Die Beiläufigkeit in Tarskis Stimme wirkte künstlich, gezwungen. Ein grauer, lauernder Glanz war in seinen Augen. Er

wirkte wie ein Mensch, der bereit ist, etwas völlig Wahnwitziges, Verzweifeltes zu tun.
„Keine Ahnung, nicht die geringste Vermutung!" Und Tarski, dessen Knie plötzlich zitterten, lautlos: Gottlob. Gottlob. Gottlob.
„Ich verstehe es einfach nicht", fuhr der andere mit seiner hohen, wehleidigen Stimme fort, „aber jedenfalls muß man die Polizei verständigen. Sagten Sie etwas?"
Tarski, der mit einer heftigen Bewegung aufgesprungen war, ließ sich in den Sessel zurückfallen und schüttelte schweigend den Kopf. (Die Oberschwester hatte also ihren Verdacht nicht ausgesprochen. Noch nicht.)
„Wenn ihm etwas passiert wäre, hätte man ihn gefunden! Wir haben stundenlang gesucht. Wir haben buchstäblich das ganze Krankenhaus nach ihm durchkämmt. Unmöglich, daß er noch da ist. Sie haben ihn doch zuletzt behandelt! Sagen Sie: wäre es denkbar, daß er das Haus ohne fremde Hilfe verlassen hat?"
Tarski zuckte die Achseln. „Wie steht es mit seinen Krücken? Sind sie noch da?"
Sofort sprang der Chefarzt auf seine kurzen, dicken Beine. „Kommen Sie", rief er. „So etwas Einfaches! Und kein Mensch hat in der Aufre gung daran gedacht." Mit kleinen, federnden Schritten ging er voran, die Haut unter seinen dünnen grauen Haaren schimmerte rosig und frisch. Tarski folgte ihm wie zum Schafott.
Auf Nummer 10 hatte man bereits am frühen Morgen provisorisch zwei neue Patienten untergebracht, Vater und Sohn. Ihre vom Hunger aufgetriebenen Bäuche stachen spitz aus den weißen Bettlaken, und die Gesichter

waren von der bleichen Pausbäckigkeit gipsener Barockengel.
„Sie müssen jeden Moment sterben", zischelte der Chefarzt Tarski vertraulich zu. „Die Verwandten haben sie auf einem Schubkarren gebracht. Ich hatte nicht das Herz, sie die beiden Kadaver wieder nach Haus schleppen zu lassen." Er zerrte plötzlich mit seinen Grübchenfingern an Tarskis Ärmel und starrte ihn aus kleinen blauen Kinderaugen an: „Ich bin längst abgebrüht. Dreißig Jahre Krankenhaus, zwei Kriege. Wer weitermachen will, muß abstumpfen. Die Stumpfen sind am verläßlichsten. Aber manchmal — wissen Sie, was ich dann glaube? Daß dies alles gar nicht möglich ist! Nicht möglich! Es gibt Augenblicke, da bin ich fest davon überzeugt, daß die Welt gut ist, freundlich und hell. Nur ich — ich selbst bin wahnsinnig! Ich störe die Ordnung! Dieses ganze Grauen rührt von mir selbst her. Mein Gehirn erzeugt es. Ein Eiterherd, ein perpetuum mobile des Entsetzens. Dieses verfluchte Gehirn, das vor lauter Angst eines Tages zerplatzen wird!"
Er blies beide Backen auf und formte mit dem weichen Säuglingsmund kleine platzende Geräusche, während seine Augen triumphierend aufleuchteten, als hätten sie in einer Vision die Vernichtung des Feindes geschaut. „Ich bin es, der aussätzig ist", flüsterte er. „Ich mache das Leben krank. Mich muß man aus dem gesunden Organismus der Welt entfernen wie ein Geschwür. Mich! Mich!" Verstört wendete er sich ab. „Die Krücken", murmelte er geistesabwesend. „Ja, wo sind die Krücken?"

Schweigend durchsuchten sie den kleinen Raum, in dem die beiden Sterbenden nichts anderes waren als Bestandteile des trostlosen Inventars. Endlich richtete Tarski sich auf. „Es hat keinen Sinn“, erklärte er müde. „Wir werden nichts finden. Er ist fort.“ Dabei ließ er verstohlen etwas Glitzerndes in seine Tasche gleiten.
„Da! Sehen Sie, was er zurückgelassen hat“, seufzte der Chefarzt. „Glaskugeln, ein alter Rechenschieber, Plastilin.“ Er schob das armselige Zeug kopfschüttelnd beiseite. „Warum ist er fortgegangen“, fragte er leise. „Warum?“
Und später, während sie nebeneinander durch den langen Korridor gingen: „Die Eltern sind verschollen?“ Tarski nickte. „Irgendwelche Verwandte in der Stadt?“ forschte der Chefarzt weiter.
Und Tarski, rasch: „Nein. Nicht, daß ich wüßte!“

Das erste, was Tarski in Mirjams Zimmer auffiel, waren die Glassplitter. Sie knirschten unter seinen Sohlen (ein böser Mahlton) und fingen die Wintersonne, die in ihren Spiegelgefängnissen wie irr zu tanzen begann. Er hob eine Scherbe auf und las die aufgeklebte russische Schnapsetikette.
Also die Großfürstin! Sie mußte unbemerkt dagewesen sein. War die Luft nicht noch immer von ihrem Parfum erfüllt? Warum war sie zurückgekehrt? Ihr Besuch fiel auf höchst sonderbare Weise mit dem Verschwinden des Knaben zusammen.
Wie in einem bösen Traum trat Tarski an Mirjams Bett. Sie war schwer betrunken. Keu-

chend, die schöne weiße Stirn mit winzigen Schweißperlen besezt, lag sie in den Kissen und starrte ihn aus weit geöffneten Augen an wie einen Fremden. Mund und Hände waren über und über mit Blut verschmiert.
(Das abenteuerliche Piratengesicht der Großfürstin, mit jenem erschreckenden Ausdruck von Wollust und Mütterlichkeit über Mirjam geneigt. Die triumphierende Stimme, großartig und ordinär: „Noch ist sie lebendig und gehört mir! In meinem Bett hat sie geschlafen, und ich habe mit ihren kleinen Brüsten gespielt. Ich hab sie geschlagen. Und ich hab sie geküßt. Ich gab ihrem nackten Leib Freude . . .")
Tarski schlug die Bettdecke zurück. Mirjam war vollkommen nackt. Ihre Brüste waren blutbespritzt, die blasse, silbrige Haut überall mit Schnittwunden bedeckt. (Wieder erklang, im Spiegellabyrinth seiner Erinnerung, der Schrei der Großfürstin: „Komm zurück! Du wirst wieder tanzen. Trinken. Lieben wirst du . . ." Während Mirjam ihn aus unnatürlich großen Augen angestarrt hatte, mit diesem schrecklichen Glanz aus Demut und Feierlichkeit, als wäre er in die Hölle gekommen, um sie zu erlösen.)
Tarski hielt den Atem an. Plötzlich zog er die glitzernde, mit künstlichen Diamanten besetzte Nadel aus seiner Tasche und warf sie ihr zu. Mechanisch steckte Mirjam sie in ihr Haar. Dabei fiel ein spitzer, scharfer Glassplitter aus ihrer Hand.
Nicht die Großfürstin! Mein Gott, nicht die Großfürstin. Mirjam. Sie mußte sich selbst angefallen haben wie ein tollwütiges Tier.
Tarski wendete sich ab. Eine große Sehnsucht

überkam ihn, durch die vielen weißen Türen des Krankenhauses zu schreiten wie über immer fernere Grenzen des Vergessens. Am Ende des Weges würde ein Stern am Himmel stehen, ein Apfelbaum blühen. (Heute habe ich mich in eine Rose verwandelt. Ihr roter Kelch schloß sich gänzlich um mich. Die Welt meiner Ängste verging ...)
Er wusch ihre Wunden. „Die Nadel!" herrschte er sie an. Seine Stimme war aufgerauht, verzweifelt. „Du hast sie im Zimmer deines Bruders verloren. Wo ist er?" Und, als sie sich nicht rührte, die Nerven verlierend: „Was hast du mit ihm gemacht?" Er packte sie an den Schultern und schüttelte sie. In diesem Moment äußerster Angst wußte er kaum, was er tat. Erst, als ihr Gesicht sich automatisch im vertrauten und abstoßenden Rhythmus eines Gebets bewegte, wie gestern, als sie zu seinen Füßen gekniet war: „Erlösen Sie mich!" — erst dann ließ er von ihr ab.

Die Dame im Pelz

DER Tag war frostblau und weiß. Wie eine kleine goldene Spinne hockte die Sonne am Himmel und spann bleiche Fäden durch die zerstörte Stadt. Die langen ausgebrannten Straßen, durch die Tarski auf der Suche nach dem verschwundenen Bruder streifte, waren menschenleer. Von Zeit zu Zeit rief er, die erfrorenen Hände an den Mund hebend, seinen Namen. Nichts war zu hören außer dem leisen Knirschen des Schnees, das in seinem Herzen sehnsüchtige Bilder der Heimat beschwor. Die weißen Nachmittage, an denen er, ein Knabe, stundenlang über die Grenze hinübergeblickt hatte nach Rußland, während die Dämmerung voll Trauer auf die weiten, einsamen Ebenen fiel. Und immer wieder die gleiche Troika! Schon am Morgen bemerkte man sie auf den glitzernden Schneefeldern. Die Pferdchen trabten. Gewiß saß eine schöne Dame im Pelz drinnen und fuhr irgendwohin auf Besuch. Träumerisch lauschte sie dem Glockengeläut und vergrub ihre zarten Hände im Muff. Am Nachmittag war die Troika noch immer da. Unablässig bewegte sie sich: gefangen im blauen Kristall der Kälte, der sich allmählich verfärbte, grau, violett. Ein großer, zweilichtiger Amethyst. Aber die Troika war nur ein Schatten, ein unseliger Spuk; die Pferde drei ewig durchs Leere galoppierende Gespenster. Und wenn die schöne Dame ihren Pelz

auseinanderschlug, kauerte ein weißes Gerippe darin. Dann ging ein runder, leuchtender Steppenmond auf. Niemals würde die Troika ankommen. Niemals und nirgendwo.
Laut und angstvoll rief Tarski den Namen des Bruders in die sterbende Stadt. Ein Gespenst rief die Wirklichkeit. Und alles blieb stumm.

Er kam zu dem Haus, dessen Inneres ausgebrannt war, verkohlt. Nur die tote Fassade ragte kulissenhaft in den Tag. In der Ecke nistete, ein feuerrotes Ungeziefer, die „Großfürstin". Tarski trat ein.
Die unerlösten Dämonen der Erinnerung! Nacht der Ankunft. Die Stadt strömte Leichengeruch aus. Mirjams wahnwitziger Tanz. Nun glitt ein kleiner gepflegter Herr mit grauem Spitzbart durch den Raum. Er nahm an einem der Tische aus künstlichem Marmor Platz. Sein Gesicht war höflich, traurig und müde. Max Bittner!

Erleichtert ging Tarski auf ihn zu wie auf einen Verbündeten. Hier endlich war, in einer sich beständig auflösenden Welt, ein Zeuge seiner Existenz. Ein Mensch, der Mirjams Liebhaber und später ihr Mann gewesen war. „Es gibt Menschen, die wie ein Magnet alles Böse, Krankhafte an sich ziehen ..." Wie auf einer zerkratzten Schallplatte lief die Szene im Atelier des toten Malers noch einmal ab. „Es ist eine bestimmte, eine ganz bestimmte Sorte von Menschen, die Mirjam anzieht!" Dieser schreckliche Ton gezierter Scherzhaftigkeit. Nun überschlug sich die Stimme, kreischend, abscheulich. So, als hätte jemand die Nadel mit einer falschen Geschwindigkeit eingestellt: „Etwas stimmt nicht mit ihnen. Auf die eine oder andere Weise sind sie alle ein wenig monströs. Ein wenig monströs. Ein wenig ... Abnorme, Verkrüppelte. Wie der kleine Bruder, den sie auf dem Gewissen hat. Etwas stimmt nicht. Mit allen. Mit allen, die in Mirjams Lebenskreis treten, stimmt etwas nicht! Der kleine Bruder ... auf dem Gewissen. Gewissen. Gewissen. Es stimmt nicht!!"

Der Herr am Marmortisch löste sich ohne Gewalt aus Tarskis Griff und hob ein fremdes, überraschtes Gesicht zu ihm auf. „Aber was ist denn", murmelte er. „Was haben Sie denn?"
Seine Stimme hatte einen tieferen, rauheren Klang als die Max Bittners. Seine Hände waren größer, dunkler, sehniger. Keine Hände, die lüstern und zärtlich in seltenen Pelzen wühlten bis zur Heimkehr in ein surreales Paradies der Lust. Doch in den Augen war die gleiche Trauer, die gleiche Lähmung.
„Verzeihen Sie", sagte Tarski rasch. „Diese Ähnlichkeit! Ich verwechselte Sie mit einem — — Freund." Er lachte grundlos. „Wirklich, eine täuschende Ähnlichkeit!" Und, nach einem peinlichen Schweigen: „Ich möchte gern die Besitzerin sprechen. Die Großfürstin."
„Leider", und der kleine Herr zuckte mit höflichem Bedauern die Achseln. „Meine Frau ist nicht da."
Tarski starrte den anderen an, als hätte er ihm soeben ein intimes und peinliches Geständnis gemacht. Dann, betreten: „Ich bin Arzt. Es han-

delt sich um eine Patientin. Wo kann ich Ihre Frau treffen? Verstehen Sie: es ist dringend!"
Der kleine Herr malte mit dem Finger Kreise und Zeichen in den auf der künstlichen Marmorplatte liegenden Staub. Geometrische Figuren. Mathematische Formeln. „Ich weiß es nicht", sagte er endlich. „Sie ist mit einem russischen Oberst weggefahren. Vielleicht kommt sie heute zurück . . ."
Er lächelte schwach. Wahrscheinlich hatte er getrunken. Er gehörte zu jenen, wo man es nicht sofort merkt. Oder vielleicht war es gar nicht der Alkohol. Er war einfach ein Wrack. Ein unter der immer dünner werdenden Schale von Lebensart hoffnungslos dahinsiechendes Wrack.
„Ich hab sie vor mehr als dreißig Jahren auf dem Fischmarkt entdeckt", schwätzte er. „Am Schwarzen Meer. Sie lief barfuß zwischen den stinkenden Ständen herum, in einem roten Rock voller Flicken. Ein halbes Kind. Mein Gott, war sie schön! Sie verkaufte Fische und Liebe. Alle Arten von Liebe! Spielend übertraf sie selbst den verrücktesten Traum. Sie hat ein — wie soll ich sagen? Ein fröhliches Geschlecht mit einer reichen, unerschöpflichen Phantasie."
Ganz plötzlich fing er zu weinen an. Sein grauer Spitzbart zitterte, und haltlos liefen die Tränen über sein elegantes kleines Gesicht.
„Kümmern Sie sich nicht darum", rief er. „Das hat nichts zu bedeuten, gar nichts! Eine Schwäche der Nerven. Ich empfinde nicht das geringste dabei!" Er löschte die mathematischen Zeichen auf der Tischplatte aus. „Möchten Sie nicht etwas trinken?" murmelte er. Und, als

löste diese Frage einen gesellschaftlichen Mechanismus in ihm aus, mit einem absurden Lächeln: „Erlauben Sie, daß ich mich vorstelle: Studienrat Stern! Ich unterrichte allerdings schon lange nicht mehr. Schon sehr lange ..."
Er schien Tarskis Anwesenheit zu vergessen. Seine blassen, traurigen Augen tauchten noch einmal in die Vergangenheit dicht besetzter Lehrsäle, in denen er, ein eleganter Magier, mit seiner vielgerühmten Mischung aus Anmut und Feuer eine unsichtbare Welt mathematischer Gesetze in den Gehirnen der Schüler erschuf. Eine geisterhafte Welt des Gedankens.
„Glauben Sie nicht, daß sie mich zugrunde gerichtet hat!" sagte er plötzlich. „Ich wollte, sie hätte es getan. Aber das Gegenteil ist geschehen. Ich bin es, der ihr Leben verdorben hat. So, wie der Virus einen blühenden Organismus verseucht. Ich selbst habe sie, dieses schöne, natürliche Geschöpf, methodisch zerstört. Mit der ganzen Grausamkeit des Systems! Dieses ungeheuerlichen moralischen Systems, von dem unsere Herzen vergiftet sind. Warum verwechseln wir Liebe mit Besitz, Treue mit Exklusivität? Warum belasten wir die Freiheit mit so viel Schuld? Wir erkennen tausend Arten der Geistigkeit an und nur eine Art von Moral. Ja, ich bin an ihrem Lebenswandel zerbrochen, wie man so schön sagt. Beachten Sie das Wort genau: Lebenswandel! Ich aber wollte ihr Leben festhalten ..." Er beugte sich vor. Sein Atem streifte Tarskis Gesicht — etwas Warmes, dessen Berührung feucht und unangenehm war. Das blasse Grün seiner Augen wirkte flek-

kig und trüb. „Patientin?“ fragte er. „Was für eine Patientin?“
„Mirjam Bittner“, antwortete Tarski. „Eine Freundin Ihrer Frau —“
„Freundin“, wiederholte der kleine Herr geistesabwesend. „Ja, natürlich. Auch Freundinnen . . .“ Er schlug die Beine übereinander und lachte. In seinen Mundwinkeln bildete sich ein wenig weißer Schaum. Der auffallend kleine Mund war dünnlippig und von tuberkulösem Rot. Er sah aus wie ein kranker Faun.
„Hören Sie“, sagte Tarski. „Ihre Frau muß Mirjam gestern abend im Spital besucht haben. Und dabei ist irgend etwas geschehen. Etwas, das ich unbedingt in Erfahrung bringen muß!“ Und, ausbrechend: „Was wissen Sie?“
Der einstige Studienrat schaute ihn müde an. „Leiden —“ sagte er sehr leise, „ist vielleicht die heimtückischeste Aggression. Ein Angriff von innen her. Verstehen Sie? Der andere hat keine Möglichkeit, sich zu wehren.“ Er lachte wieder. Und während er lachte, blieben seine Augen ganz starr. So, als wäre ein Teil von ihm selbst schon gestorben. „Mirjam!“ sagte er mit völlig veränderter Stimme. „Ja, ich kenne sie. Meine Frau hat von ihr gesprochen. ‚Die Kleine ist verrückt geworden‘, hat sie gesagt. ‚Sie hat ihren Bruder so erschreckt, daß er auf und davon ist.‘ Ich wußte übrigens gar nicht, daß sie einen Bruder hat. Aber verrückt — ja, das war sie schon immer. Einmal kam ich dazu, wie sie sich selbst mit einer Peitsche . . .“ Der Studienrat seufzte. „Leiden —“, wiederholte er. Längst schon hatte er die Freiheit seiner Gedanken verloren. In elliptischer Wiederkehr

bewegten sie sich um die Großfürstin wie Elektronen um ihren schweren Kern. Und, mit einem Achselzucken: „Manchmal frage ich mich, ob unser System das Leiden erzeugt oder unser Leiden das System?“ Er schob die Lippen auseinander und entblößte gelbe, kranke Zähne. „Ich habe unter ihrem Leben gelitten. So lange, bis nichts davon übrig blieb als Schmutz. Schmutz und Schuld. Ich habe sie zerstört, weil ich sie liebte. Aber wie soll man so etwas verstehen? Wie? Es sei denn, daß Zerstören die tiefste Form der Besitzergreifung ist. Daß uns nur, was wir zerstört haben, völlig gehört ...“ Er sah auf. Für einen kurzen Moment wurde sein Gesicht von einem sonderbaren, fast heiteren Lächeln erhellt. Aber schon versank er wieder im einsamen Kreislauf seines ewigen Selbstgesprächs:
„Vielleicht ist Leiden die Kraft, mit der wir die Wirklichkeit zerstören. Vielleicht müssen wir die Wirklichkeit zerstören, um frei zu sein. Frei ...“

Der Spiegel zerbricht

ZUM ersten Mal erkannte Tarski, daß er im Begriff stand, eine Grenze zu überschreiten. Sein Leben nahm den zweckbefreiten Charakter der Landschaft an, und sein Schicksal sprach zu ihm, wie Bäume zu uns sprechen, Fluß und Gestein. In einer namenlosen und transparenten Sprache, die ihren Sinn in der Offenbarung verhüllt und in der Verhüllung offenbart.
In jener aus Zeit und Schmerz, Traum, Geist und Leidenschaft gewirkten Natur, deren Ursprung wir selbst sind, erfuhr Tarski den vertriebenen Bruder als Amputation des eigenen Bewußtseins. Ein Grauen ging von seiner verkrüppelten Gestalt aus und erfüllte die Welt mit Angst und mit Schuld.

Gewissen . . . dachte Tarski. Im Grunde glaubte er nicht an das unwandelbare Gesetz, als dessen lebendiges Organ uns das Gewissen erscheint. Für ihn war es keineswegs mehr der Kompaß, welcher der armseligen Kreatur einen Weg zwischen den Feuern der Verdammnis in die Seligkeit weist. Eher schon verglich er es mit einem Organ, anfällig für Krankheiten wie alle Organe, zur Erhaltung des menschlichen Gleichgewichts. Indem es das Individuum schützte und stabilisierte (Schützte wovor? Einer Grenzüberschreitung? Der Zerstörung seiner selbst? Oder vor beidem, da bei-

des dasselbe war?), schützte und stabilisierte es die soziale Gattung, die Art.
Gut und Böse sind nicht mehr auf Gott bezogen, sondern auf den Menschen. Oder vielmehr: auf eine menschliche Gemeinschaft. Von einer metaphysischen wurde das Gewissen zu einer sozialen Funktion, welche die einander widersprechenden Leidenschaften kompensiert und zu einer allmählichen Gleichschaltung aller Handlungen und Gefühle führt, zur moralischen und geistigen Kollektivierung des Individuums. Mit erschreckender Geschwindigkeit verwachsen die Personen zur Einheit einer fremden, vielleicht höheren Art. Im gleichen Maß aber wächst im einzelnen das Verlangen, sich zu verweigern. Auszubrechen aus diesem Prozeß der Homogenisierung, in welchem der Himmel der Erde, die Erde dem Himmel, der Mensch dem Menschen gleichgemacht wird.
War Mirjam nicht die Komplizin im Traum vom Verlust jeglichen Gleichgewichts? Vom Sturz in den Abgrund einer noch unbekannten und beziehungslosen Freiheit, in der Tarski die Welt in sich und sich selbst in der Welt neu erfahren, das enge Kleid geistiger und sinnlicher Gewohnheiten abstreifen und die Mauern der Wirklichkeit, diese verhaßten Mauern, endlich durchbrechen könnte!

Vor Mirjams Tür traf er zwei Polizisten. Sie redeten laut miteinander. Tarski war von ihrem Anblick wie betäubt. Er vernahm die Worte; sie prasselten wie plumpe Steine in den schweigenden Korridor:
„Man muß sie ins Inquisitenspital überführen!“

„Was denn! Wir können uns doch nicht alle Wahnsinnigen aufhalsen!“
„Sie glauben ihr nicht?“
Das quietschende Geräusch der Gummistiefel. Ein fallendes Streicholz.
„Wetten?“
„Wetten!“
Tarski riß Mirjams Tür auf uns stand vor der Oberschwester: einer unerbittlichen Säule, blendend weiß.
(Michaels Tagebuch: „Ich stelle mir den Tod immer weiß vor“, sagte Lanotte. „Ganz weiß.“)
„Haben Sie mich verstanden?“ Und die Oberschwester legte ihm die dürre Hand auf den Arm, dort blieb sie sitzen wie eine große, eiskalte Spinne. „Nummer zehn —“ wiederholte sie und blickte ihm starr in die Augen, „war ihr Bruder. Sie hat ihn erwürgt.“
(„Und dies alles, verstehen Sie, ohne den leisesten Laut. Als wäre sie versteint, erstarrt. Nur die Hände waren lebendig. Zuckten, krümmten sich . . .“ Wo hatte Tarski nur diese Worte, die so erschreckend auf die Mitteilung der Oberschwester bezogen schienen, schon einmal gehört? Er war damals am Fenster eines dunklen Zimmers gestanden. Es schneite. Langsam fuhr ein großer schwerer Wagen vorbei. Das Licht eines Scheinwerfers kroch wie ein platter gelber Käfer über die Bilder einer mumienhaften alten Frau, die arthritischen Hände ins Leere gekrallt . . .)
„Nein, nein“, rief die Oberschwester und drängte ihn zurück. „Sie können jetzt nicht zu ihr. Sie beichtet!“ Über ihre Schulter hinweg erblickte Tarski die düstere Gestalt des Geistli-

chen. Er saß an Mirjams Bett. Nun legte er seine Hand auf sie: „Ego te absolvo a peccatis tuis, in nomine patris . . ."
„Aber sie lügt!" schrie Tarski auf. Plötzlich überstürzte sich alles, und er fand sich selbst, wütend über den Priester gebeugt; fühlte den rauhen Stoff der Soutane unter seinen Händen: „Sie lügt ja, verstehen Sie nicht? Sie lügt!"

Tage vergingen. Lösten sich aus einem grauen Himmel und fielen so weich und fremd wie Schnee in sein Leben, mit ihrer sanften Kälte alles verändernd, alles erstickend. Manchmal schien es Tarski, die Zeit selbst wäre wie ein Spiegel zerbrochen, in den man einen Stein schleuderte. In seinen glitzernden Scherben zersprang die Welt.

Seit seiner Attacke auf den Priester („Sie sind überanstrengt", hatte der Chefarzt gesagt. „Sie muten sich selbst zu viel zu!") war Tarski kein einziges Mal mit Mirjam allein gewesen. Zur allgemeinen Verwunderung brachte die Oberschwester Stunden an ihrem Bett zu, in Gesprächen, deren Inhalt Tarski nicht zu erraten vermochte. Doch glaubte er, eine höchst sonderbare Veränderung zu bemerken, welche in beiden Frauen vorging. Eine Veränderung, die ihn so sehr erschreckte, daß er sie seinen überreizten Nerven zuschrieb.

„Es ist absurd", beschwichtigte er sich selbst immer wieder. „Völlig absurd!" Und gleichzeitig verfolgte er wie gebannt den schleichenden Prozeß, unheimlich und befremdend wie ein

Traum, in welchem eine Identität allmählich in eine andere überzugehen schien.

Es begann während der Operation an einem Bischof, bei der die Oberschwester persönlich assistierte. Sie reichte ihm eine Schere, und dabei nahm er zum ersten Mal ein Zucken an ihren Händen wahr. Ein so vertrautes Zucken, daß sein Herz bei diesem Anblick wie in Eis getaucht war.

Ein anderes Mal entdeckte er, als er Mirjams nur langsam heilende Wunden untersuchte, das dünne harte Lächeln der Oberschwester in ihrem Gesicht. Dabei lächelte sie gar nicht, im Gegenteil. Sie lag mit geschlossenen Augen da, tief in sich selbst zurückgezogen, ausdruckslos. Aber gleichzeitig war ihm, als bewegte sich unter der ruhigen Oberfläche ihrer Züge ein zweites, anderes Gesicht. Bewegte sich wie ein Schatten unter einer dünnen Eisdecke, die jeden Moment einzubrechen droht.

Er fing an, beide Frauen zu belauern. Die Zeichen mehrten sich, schwollen zu einer Lawine des Grauens an, die seinen Verstand allmählich unter einem glitzernden Verderben begrub.

Einmal geschah es, daß er die Nerven völlig verlor. Das war, als die Oberschwester ihn beim Abendessen plötzlich mit Mirjams tiefer, eigentümlich gebrochenen Stimme ansprach. Sein Löffel fiel klirrend auf den Teller. Er sprang auf und verließ ohne Erklärung, während die Blicke der Anwesenden ihm erstaunt folgten, den Raum.

Und während der ganzen Zeit suchte man die

Leiche des kleinen Bruders. Sie wurde nicht gefunden. (Natürlich nicht. Natürlich.)
Der Chefarzt übernahm es, Mirjams Vater in einem Brief über die letzten Ereignisse aufzuklären. Sein Sohn war gefunden und zum zweiten Mal verloren.
„Das Geständnis Ihrer Tochter", schrieb er mit kleinen, zart ausgestochenen Buchstaben, „erscheint fragwürdig und läßt jede Hoffnung zu, da es bisher durch keine einzige Tatsache bestätigt wurde. Es könnte sich um einen Ausfluß ihres krankhaften Zustandes handeln, um eine Art Fieberphantasie. Oder — wie der behandelnde Arzt Dr. Tarski vermutet — um einen Akt der Selbstverdammnis, der nicht den Kriminalisten, sondern ausschließlich den Psychologen angeht. Mirjams Aussage, noch am späten Abend ihren Halbbruder aufgesucht, in der Dunkelheit erwürgt und sodann auf die Straße geschafft zu haben, wo sie die Leiche in den Donaukanal stieß, wird von einer Nachtschwester widerlegt. Diese bemerkte um die fragliche Zeit einen Lichtschein unter der Tür von Nummer zehn und vernahm undeutliches Gemurmel. Sie blieb stehen und horchte.
Bei der Polizei gab sie an, die Stimme Ihrer Tochter erkannt zu haben. Sie unterschied Koseworte, wie man sie einem Kind zuruft. Auch ließ sich bis heute nicht feststellen, ob ihr Sohn sich allein und freiwillig entfernte oder . . ."

Lanotte

AUF seiner Suche nach Mirjam kehrte Tarski zu Michaels Tagebuch zurück, ihre Spur auf den blassen Seiten verfolgend wie ein Jäger. Es war ein Versuch, die Gegenwart in der Vergangenheit zu entwirren. Er empfand keine Scham, in die intimsten Bezirke zweier Menschen einzudringen, da er begonnen hatte, sowohl Mirjam als auch den toten Maler als Teile seiner selbst zu betrachten. Nur scheinbar von ihm getrennt, bewegten sie sich zugleich in ihm und außerhalb von ihm selbst; auf zwei Ebenen der Existenz, deren Verschiedenheit die als Schicksal sichtbar werdende Spannung im menschlichen Leben erzeugt. Je größer die Verschiedenheit, umso quälender die Spannung, umso tragischer das Schicksal. Erst wenn beide Ebenen zusammenfallen (ist das der Tod?), ist Friede. Ein Gedanke, den Tarski in Michaels Tagebuch wiederfand: „Ich ertrage es nicht, daß Lanotte auch außerhalb meines Herzens, außerhalb meiner Gedanken lebt. Wäre sie tot, könnte sie nirgendwo anders mehr sein als in mir . . ."

Und Mirjam? „Ich bin froh, daß er tot ist!" hatte sie mit einem bösen Lachen gesagt. „Tot und begraben." Ihre Augen funkelten vor Verzweiflung. „Er war widerlich. Einer aus dem Geschlecht der Amphibien, ein Kaltblüter mit doppeltem Leben. Nie war er zu fassen. Er war schlüpfrig. Oh schlüpfrig und ekelhaft!"

Plötzlich, von einem dieser kaum merklichen Sprünge begleitet, mit welchen sich ein neues Bild im Kaleidoskop der Wirklichkeit zusammensetzt, sah Tarski Mirjam an jenen beiden verhängnisvollen Tagen vor ihrem unter der Atelierdecke begrabenen Liebhaber kauern, ihn stumm und haßerfüllt anstarrend, stumm und von Liebe erfüllt. So erwartete sie — forderte sie seinen Tod, der ihn für immer in sie hineinführen, in sie verwandeln mußte und alle Trennungen aufhob. Denn hatten nicht selbst ihre Berührungen noch Trennung bedeutet, da wir stets nur berühren können, was außerhalb von uns ist? Sie aber wollte ihn nicht berühren, sondern *eins* mit ihm sein. Wirklichkeit ist Unterscheidung, Spaltung, verlorene Identität. Sie aber ertrug keine Unterscheidungen mehr. Sie wollte, daß er sie würde und sie er, besessen von dem Wunsch, ihn ganz in sich zu empfangen und gegen keine einzige Wirklichkeit mehr zu vertauschen.

Hatten sie einander während dieser langen, langsam verrinnenden Stunden in die Augen geblickt? War in Michaels Augen vielleicht ein Flehen gewesen, das allmählich einer furchtbaren Ungläubigkeit wich? Einer Ungläubigkeit, die sich in Entsetzen verwandelte. Und zuletzt, als er das Ungeheuerliche begriff — daß er verloren war, daß sie ihn aufgab, um ihn grenzenlos zu besitzen —, in Haß.

Und wenn alles ein Irrtum war? Wenn sie ihn verloren hatte, als sie ihn aufgab? Verloren, als sie glaubte, ihn ganz zu gewinnen? Sie suchte ihn auf dem Grund ihres Herzens, und der Grund ihres Herzens war leer . . .

„Manchmal habe ich Angst, wahnsinnig zu werden", schrieb Michael am 20. Juli 1945 in sein Tagebuch. „Zum Beispiel, wenn ich Lanotte male. Und ich bin außerstande, etwas anderes zu malen als Lanotte. Da ich von ihr besessen bin, muß ich sie unablässig erschaffen. Ich weiß nicht, ob ich Lanotte liebe. Denn ich habe mir die Liebe immer als grenzenlose Freiheit vorgestellt. Dies aber ist eine Art Obsession. Lanotte spannt sich um mein Leben wie eine Haut. Wie ein eiserner Ring liegt sie um meine Seele. Ihr Schatten verdunkelt die Welt. Ich kann nichts mehr sehen, nichts mehr. Nur sie! Mein Herz hat die Fähigkeit eingebüßt, sich zu verwandeln. Es ist zu einem Stein erstarrt, an dessen Gewicht ich von Tag zu Tag schwerer trage. Alle Dinge haben ihren Namen. Ich unterscheide sie nur nach dem Grad ihrer Ähnlichkeit mit Lanotte. Sie ist der Punkt, der furchtbare Punkt der Verzweiflung, auf den alles bezogen ist. So, wie einst GOTT der Punkt der Hoffnung war, der meine Welt koordinierte. Welche Parodie! Ich habe die Gnade mit der Verdammnis vertauscht, das Licht mit der Finsternis, die Fülle mit einer unaufhörlichen Verarmung. Die ganze Erde ist zu Lanottes Größe zusammengeschrumpft. Und der Himmel? Ich erkenne ihn nicht mehr . . ."
Wie hatte Mirjam gesagt? „Er malte nur mich. Auf allen Bildern immer nur mich. Er war irrsinnig. Irrsinnig!" Und mit einem Lachen, dessen ausweglose Verzweiflung Tarski jetzt erst

begriff: „Er liebte Gott.“ Nicht mich, Mirjam. Nicht mich. „Er liebte Gott und hielt, mit mir zu schlafen, für eine Sünde.“
Und die Nacht seiner Ankunft: damals, als er in der „Großfürstin“ die frommen alten Hymnen gespielt hatte. „Ich glaube ...“ „Jauchzet dem Herrn!“ Mirjam, betrunken. In roten Samt gekleidet und totenblaß, als sie die Balalaika, als sie Gott selbst auf dem Boden zertrat. Wie ihr Gesicht sich vor Haß verzerrt hatte, während unter ihren Füßen das tote Holz des Instruments splitterte und ächzte. „Er liebte Gott ...“

„Lanotte zu malen“, schrieb Michael, „ist Zwang und Befreiung zugleich. Ich habe das Gefühl, sie mit jedem Bild abzustreifen wie eine Haut. Als sie zum ersten Mal vor ihrem Bild stand, sprach sie kein Wort. Mit einem eigentümlichen Lächeln sah sie mich an. Später gingen wir spazieren. Ein großer Wind erhob sich und wehte den Staub der zerfallenen Häuser durch die Stadt. Dabei war der Himmel von einem tiefen Blau, und der Glanz der Sonne fiel wie ein Springbrunnen aus goldenem Feuer auf uns herab. Mirjams Gesicht war grau, und die Asche toter Dinge nistete in ihrem Haar. Der Sturm schwoll zum donnernden Crescendo an. Er erfüllte die Stadt wie Musik, trennte die Zeiten, wirbelte sie durcheinander als Töne und verband sie neu zur Gewalt leuchtender Akkorde. Der Paukenschlag fallender Ziegelsteine. Die Vergangenheit selbst regnete in unser Haar. Wir flüchteten in eine Ruine. Lanotte lehnte an einem zerbrochenen Pfeiler.

Plötzlich bemerkte ich, daß sie weinte. Wie lange schon? Die Tränen gruben dünne Straßen durch den Staub von Gewesenem, der wie ein Schleier auf ihrem Gesicht lag. Sie sagte: ‚Du malst mich, als wolltest du mich zerstören. Als wolltest du, ich wäre schon tot.'
‚Ja', antwortete ich. ‚Tot wie eine Puppe!'
Die Worte kamen wie von selbst aus meinem Mund, ich hatte nie zuvor etwas Ähnliches gedacht. Gleichzeitig bemerkte ich zum ersten Mal das Starre, Unheimliche — das Puppenhafte ihrer Schönheit. Eine geheimnisvolle Klarheit breitete sich in mir aus. Ich zitterte, doch meine Erregung war nur der Ausdruck einer tieferen Ruhe, als ich sie je zuvor empfunden.
‚Nach dem Grab und dem Tode — aber nur dem Gleichnis des Todes in der Puppe — wird die Seele aus dem Grabe auferstehen', zitierte ich. ‚Das irdische Leben hienieden birgt schon die Wurzeln des unirdischen ... Welches denn in Raupe, Puppe und Schmetterling ist ihr ICH? Die Raupe stirbt. An ihrer Stelle geht ein Schmetterling hervor. Wenn man aber die Puppe mit einer Nadel durchsticht ...'
‚Ja?' fragte Lanotte. ‚Was geschieht dann?' Sie weinte nicht mehr. Wild starrte sie mich an, als wollte sie mich mit ihren Augen verbrennen.
‚Ich weiß nicht mehr', antwortete ich. ‚Ich habe es vergessen.'
‚Du lügst!' Sie wendete sich ab und lief hinaus in den Sturm, dessen Toben jetzt seinen Höhepunkt erreicht hatte. Einen Moment lang sah ich sie in einer dichten Staubwolke schwanken,

dann war sie verschwunden. Ich folgte ihr nicht.“

An den drei folgenden Tagen immer nur der gleiche, lapidare Satz: „Lanotte ist heute nicht gekommen.“ Sonst nichts. Die nächsten Eintragungen ließen auf eine zunehmende Verwirrung des Schreibers schließen. Ausbrüche obszöner Phantasien wechselten mit neurotischen Selbstbezichtigungen. Dazwischen tauchte immer wieder der Name Max Bittners auf. Endlich kam Lanotte . . .
„Sie trat vor die Staffelei. ‚Wenn man aber die Puppe mit einer Nadel durchsticht‘, sagte sie laut, ‚wird aus ihr kein Schmetterling hervorgehen, nichts wird aus ihr hervorgehen. Das Grab wird Grab bleiben . . .‘ Sie lachte. ‚Meine abscheuliche Puppe!‘ Blitzschnell zog sie eine glitzernde Nadel aus dem Haar und stach sie in ihr Bild.“

Tarski ließ das Tagebuch sinken. Eine ermordete Puppe . . . Wo hatte er dies, im Zusammenhang mit Mirjam, nur schon einmal gehört? Da war noch ein großer schwarzer Wagen gewesen. Ein Leichenwagen?
Es gelang ihm nicht, die Erinnerung in den Spiegel seines Bewußtseins zu heben. Sie entglitt ihm wie ein Fisch des Meeres, tauchte in die Tiefe seiner von keinem Licht des Tages erhellten Jagdgründe zurück. Eine Welt imaginärer Muscheln, Korallen. Seesterne, Raubfische, Blumen. Einander unablässig verfolgend, befruchtend, verschlingend. Und diese fremde Welt, dachte er schaudernd, bin ich selbst?

Er erhob sich rasch. Es war Zeit für die Krankenvisite. Und mit Erleichterung fast, so, als wäre er der balsamischen Schwüle eines Treibhauses entronnen, atmete er auf den Gängen den kühlen, strengen Geruch von Karbol.

Mein Herz ist ein Gespenst

DIE Großfürstin war noch immer nicht zurückgekehrt. „Einmal blieb sie zwei Monate mit einem jungen Seminaristen fort", hatte der Studienrat mit einem schnaubenden kleinen Lachen erklärt, als Tarski ihn noch einmal besuchte, „und ein anderes Mal fast ein Jahr mit einem todkranken Clown. Man weiß bei ihr niemals, warum. Und niemals, wie lange."

Aber ein Passant hatte sich bei der Polizei gemeldet und folgende Aussage gemacht:

An jenem Abend wäre ihm in der Nähe des Spitals zu auffallend später Stunde ein Knabe auf Krücken begegnet. Der Knabe war allein. Etwas später vernahm er das ängstliche Rufen einer Frau. „Ich meinte", so gab der Zeuge an, „das Kind hätte sich vielleicht verlaufen, und die Mutter suchte es nun. Ich überlegte, ob ich umkehren sollte. Aber dann dachte ich, ach was, sie wird ihn gleich finden. Er mußte ja ganz in der Nähe sein. Ich hörte sie noch ein paarmal rufen. Ihre Stimme klang aufgeregt und so, als ob sie weinte ..."

„Man hat deinen Bruder noch nicht gefunden", sagte Tarski leichthin. Er beugte sich über Mirjams Bett. Diesmal war sie allein. „Weißt du nicht, wohin er gegangen sein könnte?"

„Nein." Mirjam schüttelte geistesabwesend den Kopf. Sie war erschreckend abgemagert. In

dem spitzen, weißen Gesicht schienen allein die Augen lebendig zu sein. Sie bewegten sich rastlos, flackerten. „Nein, ich weiß es nicht." Dann, zusammenzuckend: „Aber wieso denn? Ich hab ihn doch . . ." Sie zitterte.
„Mirjam!" rief er leise. Er setzte sich zu ihr und ergriff ihre Hand. „Hör auf zu lügen."
Sie stieß seine Hand zurück. „Geh weg!" schrie sie. Ihr Gesicht verzerrte sich. „So laß mich doch! Geh!"
„Du warst an jenem Abend vor meiner Tür, nicht wahr? Du klopftest an. Erst, als ich nicht öffnete, bist du ins Zimmer deines Bruders gegangen. Er schlief schon. Du zündetest Licht an. Eine Schwester ging draußen vorbei. Sie hörte, wie du ihm Koseworte zuriefst. Er erwachte. Und dann?"
„Ich küßte ihn", murmelte Mirjam. „Aber er hatte Angst. Ich wollte mit ihm sprechen, aber er lief davon. Mein Gott, er lief nicht! Er kann nicht mehr laufen! Er . . ."
„Ja —?" Tarski umklammerte ihre Hand. „Was geschah damals auf der Flucht? Wie geriet er unter den Zug?"
„Ich weiß es nicht", stöhnte Mirjam. „Es waren so viele Menschen. Wir wurden hin und her gestoßen. Ich stand mit ihm am Rand des Bahnsteigs. Ganz am Rand. Ich hielt ihn fest. Dann kam der Zug, und dann . . ."
Sie wendete sich ab. Ihre Zähne schlugen plötzlich aufeinander. Aber Tarski gab nicht nach. „Und dann?" fragte er.
„Aber ich weiß es nicht!" schrie Mirjam. „Es ging alles so schnell. Manchmal glaube ich, daß ich eine Bewegung machte. Vielleicht ließ ich ihn

los? Stieß ihn ... Und dann wieder bin ich ganz sicher, daß es nicht so war. Ich wollte es nicht tun. Aber habe ich es trotzdem getan? Ich weiß es nicht. Das ist das Entsetzliche. Ich weiß es nicht, und ich werde es nie wissen, nie! Ich wollte ihn fragen. Nur deshalb bin ich zu ihm gegangen."
„Und hast du ihn gefragt?"
Sie nickte. „Er verstand nicht, wovon ich sprach. Er schaute mich nur an. Aber da war etwas in seinen Augen ..." Sie verbarg ihr Gesicht in den Händen. „Ich ertrug es nicht", stammelte sie. „Ich lief davon. Die Großfürstin wartete in meinem Zimmer. Sie wollte mich zurückholen. Verstehst du: sie hat mich ihren Gästen wie Wodka verkauft. Aber es machte mir nichts. Im Gegenteil. Mit allen diesen fremden Männern zu schlafen war, als würde ich von mir selbst fortgehen. Immer weiter, immer weiter. Und ich glaubte, einmal würde ich ankommen. Ich hoffte so sehr, irgendwo anzukommen, wo man sich nicht mehr bewegen möchte und nicht mehr bewegen muß. Ich glaubte, am Ende dieser Flucht würde ich mich selbst finden. So, als wäre mein Leben Bewegung und Gegenbewegung zugleich. Als käme ich, indem ich mich von mir entfernte, direkt auf mich zu. Wie man sich selbst in einem Spiegel entgegengeht ... Aber ich wollte mein Bild nicht betrachten, sondern befreien! Gäbe es keine Spiegel, würde kein Bild mehr von sich selbst getrennt erscheinen. Man muß sie zerbrechen. Alle. In einem Amoklauf kam ich auf mein Spiegelbild zu."
Sie weinte verzweifelt. Es gab keine Erlösung

des Seins aus der Erscheinung. Tarski rührte die Verbissenheit, mit der Mirjam kämpfte; vergeblich. Hier waren sie wieder, jene zwei Ebenen der Existenz: Urbild und Spiegelbild. Erst, wenn sie zusammenfallen, können wir Frieden finden. Erst im Tod ...

„Die Großfürstin gab mir Schnaps zu trinken. Sie nahm mich mit. Als wir am Zimmer meines Bruders vorüberkamen, trat ich noch einmal ein. Da war er schon fort. Ich habe ihn gesucht, aber ich fand ihn nicht mehr. Mich fror, und der Mond war so klein und so weiß. Als wäre er die Linse, in der sich diese kalte, schreckliche Nacht sammelte. Ein Brennpunkt aus reinem Eis. Die Großfürstin küßte mich. Ich sah ihr großes, verwüstetes Gesicht über mir. Es war das Leben selbst: eine Sonne aus heißem Fleisch! Ich schlug sie ins Gesicht. Oh ich haßte sie beide, den Mond und die Sonne. Sie sind zwei Krankheiten, weiß und rot. Zwei aus dem Nichts brechende Geschwüre — mein Gehirn und mein Geschlecht. Man muß sie vernichten! Es soll keinen Tag geben, und es soll keine Nacht geben. Nichts soll sein! Nichts! Nichts!"

Sie biß sich plötzlich mit wutverzerrtem Gesicht in den Arm. „Ich empfinde mich selbst", schrie sie. „Was immer ich tue, ich empfinde mich selbst! Was immer ich denke, ich denke nur mich! Wie abscheulich ..."

Mirjam hatte sich also in jener Nacht von der Großfürstin getrennt. Der Großfürstin, in welcher Tarski das schöne und schreckliche Symbol des aus dem Abgrund steigenden Lebens erblickte, Studienrat Stern die Inkarnation sei-

nes Schmerzes, und die Oberschwester eine alte Kupplerin.
Wer aber war die Großfürstin wirklich? Ohne ein ihre Erscheinung bewirkendes Medium? Ohne den Spiegel fremder Sinne, fremden Schicksals, fremder Phantasie. Jeglicher Projektionen entblößt. Wenn man Stern, Mirjam, die Oberschwester und Tarski — wenn man all dies von ihr abzog: was blieb?
So hatte Mirjam die Wahrheit gesprochen: „Was immer ich tue — ich empfinde mich selbst. Was immer ich denke — ich denke nur mich. Ich schaue die Welt an und sehe mich . . ."
Nachdem Mirjam sich von der Großfürstin getrennt hatte, war sie allein ins Krankenhaus zurückgekehrt. Es war ihr gleichgültig geworden, wohin sie ging, da jeder Ort nur ihr eigenes, verhaßtes Spiegelbild war. Dann hatte sie sich selbst angefallen und verwundet wie einen Feind. Vergeblich, da sie sich im Schmerz nur noch heftiger, noch unentrinnbarer wiederfand.

Nachts betete Tarski in der Kapelle:
Du, an den ich nicht glaube,
Weil ich ihn in mir selbst nicht finden kann;
Du, den ich nicht liebe,
Weil ich mich selbst hassen muß . . .
Wie kann ich einen Menschen erlösen,
Solange ich selbst unerlöst bin?
Mein Herz ist ein Gespenst,
Das nur Gespenster erzeugt.
Mein Herz ist die Einsamkeit selbst
Und kann nur Einsamkeiten gebären.
Meine Grausamkeit ist die Maske,

Unter der ich mich vor mir selbst verberge.
Meine Güte ist die Maske,
Unter der ich mich selbst nicht erkenne.
Ich fürchte mich.
Meine Angst ist die Saat,
Aus der ich das Entsetzen der ganzen Welt ernte.
Ich leide.
Solange ich leide,
Werde ich der Ursprung allen Leides
In dieser Welt sein.
Ich bin die Krankheit,
Die alles verheert.
Das Messer,
Das alles verstümmelt.
Meine Unvollkommenheit
Ist die Unvollkommenheit aller Geschöpfe.
Meine Verzweiflung
Ist die Hölle.
Meine Seligkeit
Würde die Erde in ein Paradies verwandeln.
Solange ich nicht an Gott glaube,
Gibt es keinen Gott.
Erst wenn ich DICH liebe
Werde ich DU sein . . .

Abyssus abyssum invocat

„SIE haben Besuch!“ rief am nächsten Tag eine der Schwestern, eine fröhliche kleine Person, Tarski während der Visite zu. „Ich habe ihn einstweilen in Ihr Zimmer geführt.“

Besuch? Tarski zuckte die Achseln. Es gab niemanden, der ihn besuchen konnte. Er besaß auch keine Freunde. Nicht einmal als Knabe hatte er Freunde gehabt . . .

Mit einem nagenden kleinen Schmerz dachte er an seine einsamen Spiele unter den großen alten Bäumen des Parks, der das Herrenhaus völlig mit seinem geheimnisvollen grünen Rauschen umschloß. Einmal war eine streunende schwarze Katze aus dem Dorf eingedrungen. Aus dem Geäst einer Zeder sprang sie direkt vor die Füße des Knaben. Er fing sie, hielt sie auf seinen Knien fest und tauchte gierig in den grünen, lebendigen Gletschersee ihrer Augen. Leichter Schwindel erfaßte ihn. Er suchte die Seligkeit des Ertrinkens, und die schmalen Katzenpupillen wurden zu unterirdischen Pforten, durch die er einzugehen begehrte in eine zweite Wirklichkeit; in eine gänzlich andere, jenseits aller Erfahrungen ruhende Welt.

Von jenem Tag an spielte er mit den Augen der Tiere. Es waren kultische und phantastische Spiele, vom Wesen des Religiösen durchweht. Er verbrachte Stunden vor dem großen Aquarium, in welchem sein Vater fremdartige Fische

züchtete: seltsame, leuchtende Körper, die durch das Wasser glitten wie durch einen Traum. Jaroslaw versank, sein Gesicht an das Glas gepreßt, immer tiefer in den runden Goldaugen, drang angstvoll und sehnsüchtig ein in die Zauberreiche ihrer Natur. Zitternd barg er sich in der heißen Dunkelheit alter Hundeaugen und verschwand in den goldbraunen Lichtern eines zahmen Rehs, in welchen der wispernde, von lauter unbekanntem Leben durchwobene Schatten der Wälder zu glänzenden, undurchsichtigen Kugeln verdichtet war. Die Welt schien von rätselhaften Welten erfüllt und jeder Raum von unzähligen Räumen, deren Schwellen — aus weiß schimmerndem Staunen erbaut — unüberschreitbar blieben; magische Grenzen, an denen sein Herz einsame Feste feierte und dabei etwas Namenloses erfuhr, das jede Freude und jeden Schmerz überstieg.
Es war sonderbar, daß Menschenaugen niemals diesen unaussprechlichen Rausch in ihm auslösten, diese letzte Erregung, die dem jähen Auffliegen eines Vogels aus Ranken und Dorngestrüpp glich, der Freiheit jubelnden Steigens und Schwebens, der sogleich der unvermeidliche Absturz folgte, so daß seine Seele, geblendet, in sich selbst zurückfiel. Die Stunden, Tage und Wochen nachher waren stets eine einzige, dumpfe, brütende Verzweiflung. Aber in den Augen der Menschen durchmaß er nie (wie Blitze in der Nacht) diese ungeheuren Entfernungen, drang er kaum jemals über die Peripherie seiner selbst hinaus. Ein Gefühl von Nähe und Nachbarlichkeit erfüllte ihn mit miß-

trauischem Unbehagen. Ihm war, als blickte er sich selbst über einen Zaun hinweg zu. Und dieser Zaun — Trennung und Berührung, Grenze und Angrenzung — erweckte in ihm eine geradezu physische Übelkeit.

Ein einziges Mal war das schlichte graue Holz seiner Latten mit gelben Sonnenflecken gesprenkelt, behütete einen Garten, dessen Kleinheit ihn tief und zärtlich rührte und allen seinen Wünschen Frieden gab. Ein einziges Mal fand er die grasumwachsene Pforte, öffnete sie und trat ein. Das war damals gewesen, als er ein kleines Mädchen mit Zöpfen zum ersten Mal zur Schule begleitete, während am Weg die Apfelbäume blühten und eine Ente laut schnatternd hinterher lief. Später lauschte er, an die warme graue Schulmauer gelehnt, den Liedern der Kinder. Aus ihren hellen Stimmen löste das Krächzen des alten Schullehrers (er trug den Spitznamen: „kleine schwarze Vogelscheuche") sich ab wie die dürren alten Blätter vom vergangenen Jahr aus dem Grün jungen Laubes. Mit einer letzten, raschelnden Klage sinken sie wieder zur Erde zurück, und der sanfte Frühlingsregen deckt sie zu. Alles war einfach. Alles war gut. Und doch: als ein Pferdewagen vorüberfuhr und die Spur von Ljubas nackten Zehen im Staub auslöschte, erschrak Jaroslaw.

Langsam ging Tarski durch den großen Krankensaal. Bleiches Licht drang durch die nackten Fensterscheiben und stellte alles, die gelben Gesichter und spitz aus der Bettdecke stechenden Knie, die zaghafteste Hoffnung, das Leibgeschirr und den Tod gleichgültig zur

Schau. Geistliche Schwestern in Hauben, die wie riesige weiße Fledermäuse auf ihren runzligen Köpfen saßen, bewegten sich mit trockenem Rascheln zwischen den Betten.
Wie sehr gehörte er selbst, Tarski, schon diesem zwielichtigen Zwischenreich an! Seine Krankheit war die Angst vor der Entscheidung. Sie schloß ihn ein in das gespenstische Niemandsland zwischen Leben und Tod, ihn unablässig schwächend, ihn immer gefährlicher aushöhlend. Seine Passivität war die Aktivität dieser Welt, die er erlitt, ohne sie zu bestimmen.
Er träumte und träumte von verlorenen Gärten. Er schloß die Augen und sah den runden, braunen, kindlichen Hals seiner Frau. Atmete den Duft heißer Wiesen, den er so sehr auf Ljubas Haut geliebt hatte. Erinnerte sich an ihren warmen braunen Körper wie an ein Haus, in dem er einst wohnte und glücklich war.
Plötzlich war ihm, als ob die Herztöne eines kranken Mannes, die er durch sein Stethoskop anhörte, wie geheime Morsezeichen die Nachricht der Schwester wiederholten: „Sie haben Besuch. Besuch. Besuch."
Und jeder Schlag des kranken Herzens erzeugte Ljubas Bild, das matte und glanzlose Bild eines geliebten Schattens, der ihn in seinem Zimmer erwartete, mit niedergeschlagenen Augen, die gealterten, abgemagerten Hände still im Schoß zusammengelegt.
„Bist du zurückgekommen?" flüsterte Tarski. „Ich habe alle Tage auf dich gewartet. Und alle Nächte . . ."
In diesem Augenblick war die Visite zu Ende,

und Tarski ging wie ein Blinder auf den Spiegel seiner Vergangenheit zu.

In den Korridoren des Krankenhauses lauerten alle Dämonen seines Herzens, sprungbereit. Dieses Heinweh nach etwas, das verloren war und vorbei. Dieses lächerliche, lächerliche Heimweh! Der andere im Lager, der Uniformierte, der sie ihm genommen — nein, dem er sie selbst in die Arme getrieben ... Seit das Kind im Konzentrationslager verhungert war und Ljuba ihn mit jenem anderen, der ihr das Leben rettete, verließ, hatte er wie ein Toter in einer Welt toter Dinge gehaust. Mirjam war in sein Herz gefallen wie Kohle in ein erloschenes Feuer.
Die Adventkerzen brannten. Wieder Flamme zu sein! Sich nährend von dem, was sie erleuchtet und erleuchtend, was sie verbrennt. Er starrte in den Kranz aus grünem Schweigen. Zeit der Verheißung — Zeit der Gespenster. „Ich muß die Kerzen auslöschen", murmelte er. „Diese schrecklichen Kerzen, von denen wir niemals wissen, ob sie Lichter oder Irrlichter sind. Die Chiffre auslöschen, die von so quälender Doppeldeutigkeit ist und ihren Sinn im Zeichen verbirgt." Plötzlich kletterte Tarski auf einen verlassenen Rollstuhl ...
Die fremde vertraute Stimme, geschliffenes Metall, traf ihn wie ein Hieb: „Warum haben Sie das getan?"
An der Biegung des Korridors stand die Oberschwester, weißer, zum Leben verurteilter Stein. Ihre Erscheinung hatte die leuchtende Unmenschlichkeit einer Idee. Und wie zu

einem Stein, einer Bildsäule, sprach er zu ihr: „Ich weiß es nicht."

Er blickte sich um. Die Oberschwester war verschwunden. Alles schien seltsam verändert. Und schattenhaft. Aber war alles, war diese ganze Welt nicht vielleicht ein Schatten, den er selbst ins Leere warf? Wenn er sich bewegte, bewegte sich der Schatten. Wurde er selbst aber still, fand sein Schatten, fand die ganze Welt Frieden.
Im Bruchteil einer Sekunde erkannte er die ganze Schöpfung als Emanation seiner selbst. Unaufhörlich strahlte er alle lebendigen Bilder aus, und unaufhörlich kehrten alle lebendigen Bilder in ihn zurück. Bewegung und Gegenbewegung in einem einzigen, gegenwärtigen, ununterscheidbaren Prozeß. Mit jedem Atemzug atmete sein Herz die Welt aus, atmete sein Herz die Welt ein. Er war die Einheit, und er war die Zerspaltenheit. Er war das Nichts, die leere Bühne. Und er selbst war das Spiel, dem er unter Tränen zuschaute.
Erkenntnis war Selbst—Entblößung. War Seligkeit und, solange er atmete, Vertreibung aus dieser Seligkeit. So fiel auf dem Weg zu Ljuba die Täuschung Ljuba von ihm ab wie ein Schleier. Aber im Fall noch hielt er ihn mit einer hastigen, verzweifelten Zärtlichkeit fest.

Tarski riß die Tür auf. In seinem Zimmer, unter dem schwarzen Kreuz, wartete ein Fremder. „Ljuba!" flüsterte Tarski tonlos.
Er starrte in eine Landschaft aus Fleisch, Knochen und Haut. Eine bipolare Landschaft aus

zwei Gesichtern, die sich ineinander fortsetzten, sich mythisch ineinander verwandelten, unablässig. Wie im Traum.
„Ljuba!“ rief er noch einmal. Ihn schwindelte. Alles bewegte sich, ging ineinander über. Leben war nichts als ein ewiges Sichvertauschen. Die Flut des Geheimnisses stieg und stieg. Nirgendwo erblickte er mehr die Küste, das feste Land. Wie ein Ertrinkender klammerte er sich an einen Namen: „Ljuba!“
Und, aus erschreckender Nähe, die Antwort. Als käme sie aus dem brennenden Dornbusch seines eigenen Herzens: „Ich bin der Vater!“
Tarski beschwor Ljubas Bild, während in ihren Namen schon ein anderer, fremder Name einbrach, sich langsam einfraß und ihn verschlang. Wie das Tier das Tier verschlingt. Der Wolf den Fuchs – und wer von beiden bleibt? Wo sollen wir den Fuchs suchen? Und wo den Wolf?
„Mirjams Vater!“ Gefäß aus Klängen, durchsichtig, leer. Ljuba ... Der Vater ... Eine Stimme, welche die Luft bewegt. Das Flüstern. Der Schrei. Die Namen. Ist alles dasselbe?
Und Tarski lachte, lachte. Die Welt zerfiel. Löste sich in diesem lautlosen und schrecklichen Gelächter auf wie in einer Säure. Allein die schwarze Gestalt des Fremden blieb.
„Ich bin gebrochen“, murmelte er. „Ganz gebrochen!“ Tarski erblickte einen alten geschminkten Gaukler – oder war das Zinnober dieser Spinnweblippen echt? Das pudrige Roséweiß auf dem wurmstichigen, von so vielen Spielen zerfressenen Gesicht? Mit einer hastigen Bewegung verbarg er die Hände. Diese verräteri-

schen Hände, braungerunzelt und zittrig. Wenn er sich mit den Farben, dem Glück, der Leichtigkeit der Jugend maskierte — welche Ängste suchten ihn dann in der Einsamkeit vor dem Spiegel heim? Und war für ihn, den Komödianten, nicht die ganze Welt nur dies: Einsamkeit vor dem Spiegel.

„Es ist meine Schuld!“ jammerte er. Im schäbigen schwarzen Frack (das einzige offenbar, was er aus dem Zusammenbruch retten konnte) erinnerte er an einen Zauberkünstler. Einen billigen Magier ohne festes Engagement, ohne großen Applaus.

„Alles ist meine Schuld!“ Seine gefärbten Augenbrauen zitterten.

Durch das dämmrige Labyrinth der Korridore führte Tarski den Vater zu Mirjam. Zum ersten Mal bemerkte er, daß der andere den rechten Fuß nachschleifte, und erschrak. Drohend hing der erloschene Adventkranz über ihrem Weg: eine schlafende schwarze Schlange, zusammengerollt. Eine träumende Schlange.

Der Vater blieb stehen. Wie ein Angeklagter, der das Urteil aufschieben möchte. Sein Gesicht unter der Schminke verfiel immer mehr. „Sie ist ihrer Mutter so ähnlich“, murmelte er. „So ähnlich!“ Er fingerte plötzlich eine Photographie aus der zerschlissenen Brieftasche und reichte sie Tarski. Seine Hand schlotterte. Er war krank vor Angst.

Tarski betrachtete das Bild der Toten, einer anderen, älteren Mirjam. „Aber wie sanft sie ausschaute!“ sagte er.

„Sanft“, nickte der Schauspieler. „Oh, das war sie.“ Er starrte ins Leere. „Unheimlich sanft!“

Etwas Eigentümliches in seiner Stimme warnte Tarski, und er blickte den anderen scharf an. „Es gibt eine Sanftheit, die töten kann!“ Er lachte. „Wenn Sie wüßten —“ Mit einem peinlichen Mißton brach er ab. Dann: „Stellen Sie sich ein Gewitter vor, das nie, niemals ausbricht. Man wartet und wartet . . .“ Und, nach einer Pause: „Sie sang, als sie in die Gaskammer ging.“

Noch einmal blickte Tarski auf dieses einsame, in Asche verwandelte Gesicht, Mirjam und doch nicht Mirjam. Dann legte er seine Hand auf die Türklinke.

„Nein!“ krächzte der Vater. „Noch nicht . . .“ Kraftlos zerrte er an Tarskis Ärmel. „Warten Sie!“ Seine Stimme verfiel in ein unnatürlich hohes Wimmern. Es klang, als weinte ein Kind. Angeekelt stieß Tarski den alten Komödianten zur Seite und trat ein. „Sehen Sie“, sagte er erstaunt. „Mirjam ist gar nicht da!“

Der Vater stand, regungslos jetzt, unter der Tür. „Nicht da“, wiederholte er dumpf. „Sie ist nicht da.“ Es klang wie ein Echo von weit her. Es schien zu wachsen, unmenschlich, geheimisvoll wie das Schweigen, das ihn umgab. Allmählich wurde er dieses Schweigen selbst, seine Unerbittlichkeit und seine Gewalt.

„Wir müssen warten“, murmelte Tarski unbehaglich. Mit einer schroffen Bewegung kehrte er sich ab und trat, die Hände auf dem Rücken verschränkt, ans Fenster. Im düsteren Dezemberlicht streckten die Bäume schwarze Krallen nach ihm aus. Krähen hockten im Schnee wie Lachen geronnenen Bluts. Jäh schloß der stumme Himmel sich über ihm wie ein Sarg.

Aber die Krähen bewegten sich ja! Mit gespreizten Federn drängten sie aufeinander zu, scharten sich unter scharfen Schreien um eine verborgene Mitte.
Abermals erinnerte Tarski sich an den verirrten Vogel, der mit schon wunden Flügeln an Mirjams Fenster schlug, als er versucht hatte, sich aus dem Dunkel des kahlen und kalten Gartens in das lichte Haus zu retten. Verzweifelt hatte er sich an das glatte, durchsichtige Glas gekrallt, immer wieder abrutschend, bis ein jäher Sturz ihn in die Nacht zurückwarf.
Tarski erschrak, ohne zu wissen, wovor. Er stieß das Fenster auf wie ein Blinder. *Die Welt stand still.* Wie ein Blitz lähmte ihn diese Erkenntnis: Welt und Ewigkeit waren eins. Nichts hatte je gelebt, und nichts war gestorben. Nichts hatte sich jemals bewegt außer ihm selbst.
Ohne Trauer beugte er sich aus dem Fenster, ein in die Einsamkeit schwarzer, unermeßlicher Räume fallender Stein. Wie schwer war das Gewicht der Sterne! Er wußte nicht, daß er weinte. Schweigend starrte er auf das zerbrochene Bündel aus Fleisch, Knochen und Haar, dem er — was für ein Irrtum! — noch immer den Namen Mirjam gab. Ohne Ende und ohne Beginn lag es in Ewigkeit zerschmettert auf dieser kalten Erde: die Unzerstörbarkeit der Zerstörung selbst.

Amour noir

DAMIT ist die Geschichte zu Ende. Das heißt: sie hat keine äußeren Dimensionen mehr. Wie Kronos seine Kinder, verschlingt sie sich selbst. Das Drama hat sich entfaltet wie eine Blume. Nun, da die Nacht hereinbricht, schließt sich der Kelch.

Mirjam ist aus dem Fenster gesprungen, wohin? Die Oberschwester betet. Der Vater spielt klassische alte Narren. Irgendwo humpelt die sanfte Abelgestalt des kleinen Bruders durch die verwüstete Stadt.

Es gibt nichts mehr. Nur Jaroslaw Tarski. Und die Welt. Die Welt im Bewußtsein des Jaroslaw Tarski.

Eine Ruine im Frühling. Dieselbe, in der Tarski im vergangenen Jahr (aber ist es wirklich vergangen?) hauste: am Rande des Todes, am Rande des Lebens, bis Hunger und Kälte ihn in die menschliche Gesellschaft zurücktrieben.

Der Kreis schließt sich. Noch einmal hängt sein Zimmer — mit brauner Tapete, Spitzen und Klavier — über dem Abgrund. Durch die zerbrochene Wand rieselt Sonnenstaub, vermischt mit dem Duft blühender Kastanien. Mit seinen häßlichen, von Hungergeschwüren entstellten Händen wühlt Tarski in diesem Glanz. Als wollte er sie zerbrechen, greift er immer wieder in die Glocken zarten Lichts, die eine Welt in ihm zum Schwingen bringen, in der er nicht mehr zu Hause ist. Eine Welt, aus der er nun

9*

endgültig aufgebrochen ist, durch jene Pforte des Schmerzes, die Mirjams Tod in ihm sprengte.

Man begrub sie am Tag vor dem Heiligen Abend. Außerhalb der Friedhofsmauer („Hof des Friedens", denkt er), inmitten der anderen Selbstmörder. Der Vater torkelte hinter dem Sarg; eine Ruine, in der nichts als Gespenster spukten: Ödipus, König Lear. Er verschwand im Winternebel wie ein unerlöster Traum.

Maximilian Bittners Gesicht war ausdruckslos. Er erstickte Mirjam unter einer Last teurer Blumen. Als Tarski zu ihm trat, wich er aus. Er wirkte weniger verstört als geistesabwesend. Aber diese Geistesabwesenheit konnte sehr gut auch nur Maske sein. Und was sich dahinter verbarg — Tarski vermochte es nicht einmal zu erraten.

Er selbst begleitete Mirjam zur Erde, stumpf, bleiern, jedes klaren Gedankens unfähig — während jenseits des Zeithorizonts ein anderer Tarski unter gespenstischem Gelächter seiner eigenen Jämmerlichkeit zuschaute. Sonst war niemand da.

Zur Katastrophe kam es erst während der Weihnachtsfeier im Spital. Tarski hielt eine Rede. Es geschah alles so völlig unerwartet ... Ein peinlicher Vorfall, der ihn jäh aus seiner Bahn schleuderte, ihn mit wahnwitziger Geschwindigkeit entgleisen ließ wie einen Zug.

Vielleicht waren die Kerzen schuld, entzündet von der Oberschwester in einem großen dunklen Baum. Die Worte, welche sie, die grauen Augen unbarmherzig auf Tarski geheftet,

sprach. Zu ihm allein sprach. „Bei der Geburt des Erlösers lassen Sie uns auch der Toten gedenken. Bitten wir vor allem um Gnade für die unglückliche Selbstmörderin . . .“
„Nein!“ schrie Tarski auf. „*Ich* bin der Mörder. Ich! Ich!“ Er trat plötzlich vor. Seine Stimme überschlug sich. „Nicht sie! Ich selbst bin gestorben. Mirjam lebt . . .“
Alle Gesichter kehrten sich ihm zu, Masken, hinter denen das Namenlose, das ungeheuer Fremde lauerte. Er war von Augen eingekreist wie von Speeren. Und duckte sich unter dem kläglichen, blechernen Schild eines Gelächters, den er voll Verzweiflung gegen das Schweigen hielt.
Wie jetzt. Der Mann in der Ruine lacht. Lacht. Er kann nicht mehr aufhören. Ein schmutziger Bart wächst aus seinem bleichen Gesicht. Wächst immer weiter, wie bei einem Toten. Aber der Bart ist naß. Er weiß nicht, daß er weint. Wie damals.
Der Chefarzt legte ihm die weiche kleine Chirurgenhand auf die Schulter. Sein rosiges, mumifiziertes Säuglingsgesicht kroch ganz langsam auf Tarski zu. Das Schweigen verwandelte sich in Gesang: „Stille Nacht, Heilige Nacht . . .“
Tarski begann zu sprechen. Ihm war, als schwimme er mit ganzer Kraft gegen den Strom des Lieds. Doch seltsam: die Worte, der Sinn seiner Botschaft — Jaroslaw Tarski hat ihn vergessen.

Ein einziger Satz treibt in seinem Bewußtsein. Strandgut von köstlicher oder gefährlicher

Fremdartigkeit, wer weiß? *Ich reiße meine Wurzeln aus der Zeit!*

Wie die Luft glitzert! Frühlingssonne und Blütenstaub. Der Himmel steht still. Ein aufflatternder Möwenschwarm erfüllt ihn mit silbrigen Zeichen, und in einem Moment jähen Erschreckens findet Tarski in der lebendigen Schrift des Vogelflugs die vergessene Botschaft wieder. Als wäre der Himmel ein Spiegel, in dem er die verborgensten Bilder seines eigenen Herzens erkennt. Die Ahnung vom Ende der Zeit. Die Erlösung von der vierten Dimension, die er die Dimension des Schmerzes nennt ...
„Ich, Jaroslaw Tarski, reiße meine Wurzeln aus der Zeit, in welcher der Mensch seit Millionen von Jahren gefangen ist wie die Pflanze im Raum. Noch immer haftet sie in der Erde, verwurzelt in der räumlichen wie der Mensch in seiner zeitlichen Endlichkeit. Erst in der Gestalt des Tiers löste das Leben sich und wurde als Mensch frei beweglich im Raum. Er hat den irdischen Raum überwunden und steht an der Schwelle des kosmischen Raums. In der Gestalt des Geistes löst das Leben sich nun aus der Zeit, dringt zum ersten Mal in seine eigene Vergangenheit ein. Und dann? In welcher Gestalt wird es die Zeit überwinden? Der Mensch ist nur eine Larve, die abgestreift wird. Eine sterbliche Larve wie die Pflanze, das Tier. Etwas Neues entsteht. In diesem Augenblick hat es schon begonnen, niemand weiß, wann es hervorbrechen wird, und wo. Ich — Jaroslaw Tarski, Mensch, bin zum Tode verurteilt.

Nach mir kommt einer, der stärker ist als ich. Er muß wachsen, ich aber muß abnehmen . . ."
„Sie sind wahnsinnig!" Die Stimme des Chefarztes traf ihn wie ein Schlag. Tarski erwachte, aber dieses Erwachen glich einem Traum, und wie drohende Traumgesichter bedrängten ihn die Menschen unter dem brennenden Baum. Alles verwirrte sich . . .
Verwirrte sich zu neuer Ordnung? denkt der Mann in der Ruine. Er friert in der Sonne. Die Glockenschläge einer fernen Uhr fallen in sein Herz und sterben. Verklingen ohne Spur. Ihm ist, als hätte er sich selbst in der Unendlichkeit verloren. Die Welt erlischt, schwindet ohne Grenze dahin. Ein Phantom nur, irrt er durch die Leere des Raums. Aber aus der Nacht, der verschwundenen Zeit, kommt er selbst auf sich zu.
„Sie sind wahnsinnig!" Er lachte. Gleichzeitig bemerkte er, wie der Chefarzt und die Oberschwester an seine Seite traten, links und rechts. Jemand brüllte. Aber dies war keine menschliche Stimme mehr! Atemlos blickte Tarski sich um. Doch die Gesichter der Ärzte und Schwestern waren alle verkniffen und stumm. Niemand bewegte sich. Plötzlich fühlte er, wie sie ihn packten. Die Kerzen gingen aus . . .
Als es wieder hell wurde, stand die Oberschwester an seinem Bett. Wie aus Stein. Ein Grabengel. Oder ein Engel des Gerichts? Merkwürdig: ihm war, als stünde sie nicht neben, sondern *jenseits* von ihm, einer Welt zugehörig, die nicht mehr die seine war. Er versuchte zu lächeln. „War ich krank?" Seine Stimme kam

von so weit her, fast war er erstaunt, daß sie antwortete.
„Ein Nervenzusammenbruch?“ wiederholte er langsam, wissend, was sich hinter diesem Wort manchmal verbarg. Dann, mit verzweifelter Aufmerksamkeit: „Kann ich arbeiten?“
Sie schwieg. Wich vor seinen Augen in immer weitere Fernen zurück, schrumpfte zu insektenhafter Fremdheit ein. Gleich würde sie ihn stechen! Eine Mücke saß auf seinem Bett, ein weißer Vampir . . .
Er erwachte an Mirjams Grab. Ihm war, als läge es in ihm selbst, tief in seinem eigenen Herzen. Unablässig fielen die Schatten auf ihn herab. Es begann zu schneien. Tarski hob sein Gesicht den kalten weißen Berührungen entgegen. Wie oft hatte er als Knabe von der Seligkeit langsamen Verlöschens im Schnee geträumt, einem glitzernden Frieden! Von der Verzauberung des Lebens in den Tod.
Aber wie war er auf den Friedhof gekommen? Vergeblich versuchte er sich zu erinnern. Er mußte aus dem Krankenhaus geschlichen sein wie ein Dieb.
Große Schneeflocken glitten, unendlich ferne Kristallwelten, an ihm vorbei. Hüllten ihn ein, wie die Geschichten seiner alten Kinderfrau Warja ihn eingehüllt hatten; Märchen und Mythen, noch einmal legte der dunkle Singsang ihrer Stimme sich weich und schwer um sein Herz, das immer langsamer klopfte, immer leiser, so, als begehrte es keinen Einlaß in die Wirklichkeit mehr.
„Komm!“ Jemand rüttelte an seiner Schulter, und er spürte das Fleisch einer fremden Hand

auf seinem fast schon ertaubten Gesicht. „Steh auf!" Eine Stimme, voll und schwer wie die Brüste einer Frau.
„Warja", murmelte er. „Laß mich schlafen . . ."
Aber sie schlug ihn. Zornig und hartnäckig schlug sie auf ihn ein, und ihr heißer Atem streifte seine Stirn. Ein ungestümer Duft, beängstigend und vertraut, drohte ihn zu verschlingen, und die Stimme der Großfürstin rüttelte an ihm wie Sturm an geschlossenen Fensterläden: „Steh auf! Geh weiter! Du wirst erfrieren!"
„Was soll ich tun?" fragt Jaroslaw Tarski laut. „Der Frühling in den Ruinen. Die Toten. Ein Klavier über dem Abgrund. Die zersprungene Ordnung, in der ich nicht weiterleben kann! Ist die Welt ein Ei, das man aufhacken muß? Die Weltschale zerbricht. Wird der Embryo Mensch erst geboren? Suche ich meine neue Gestalt?
Ich kann nicht mehr in die Vergangenheit zurückkehren! Und doch erkenne ich die ganze Welt einzig im Spiegel dieser Vergangenheit. Die Zeit ist in meinem Herzen gefangen. Wie kann ich sie befreien, ohne mich selbst zu zerstören?
Ich lebe in einer Gesellschaft der Toten. Ich lebe in einem Gefängnis von Namen. Ich verhungere in einem Gefängnis von Namen, die längst erstarrt sind und tot. Wie aber soll ich ohne sie denken?
Eine neue Welt will in mir erwachen. Ich *verwandle* mich. Werde ich wahnsinnig? Etwas treibt mich, den Sprung ins Namenlose zu wagen, in eine Freiheit jenseits aller Erfahrungen. Einen Sprung aus dem Raum. Einen

Sprung aus der Zeit. Werde ich abstürzen? Oder komme ich irgendwo an? Setze mich selbst in neuen Räumen, in anderen Dimensionen fort! Vielleicht ist der Wahnsinn das Medium, in welchem eine Mutation sich vollzieht ..."

Während des ganzen Winters war Jaroslaw Tarski der Geliebte der Großfürstin. Von Mirjams verschneitem Grab führte sie ihn in den Dschungel ihres eignen Schoßes, der so lebendig war, so heiß und so tief. Dieser Überfluß! Wie hatte der Mathematiker Stern nur von ihr gesagt? „Sie hat ein fröhliches Geschlecht mit einer reichen, unerschöpflichen Phantasie."

Aber in ihrem warmen, weichen Fleisch suchte er Mirjams spröde Gestalt, suchte sie im Fieber seiner eigenen Erregungen und umarmte so im Leben stets nur den Tod. Tastend griff er ins Leere, und alle Nächte mündeten in die unablässige Verwesung ihres wehrlosen kleinen Gesichts. Von nervösen Weinkrämpfen geschüttelt, wendete er sich dann jedes Mal von der Großfürstin ab.

Als der Frühling kam, ein Regen blauen und hellgoldenen Lichts, unter dem die ganze Erde, zart erst und dann immer übermütiger, zu spielen begann, flüchtete Jaroslaw Tarski in den bröckelnden Verfall der Ruine. Aber war es wirklich nur Flucht? Kehrte er nicht, von einem noch dunklen Wachstum in ihm selbst getrieben, zum *Keimboden* der Zerstörung zurück?

Er erkannte sehr klar die Unfruchtbarkeit aller Versuche, den Menschen zu restaurieren. Die Unfruchtbarkeit, und auch die Gefahr. Zuweilen erschien ihm, eine Angstvision der

Zukunft, der mumifizierte homo sapiens, ein lebendiger Leichnam. Nein, der Mensch muß nicht gerettet, sondern überschritten werden! Befreit von seinem armseligen Aberglauben, die Schöpfung wäre mit ihm vollendet. Sie ist es nicht! Kein Ende ist der Mensch, sondern ein Anfang ... So bewegt Jaroslaw Tarski sich, mit immer größerer Beschleunigung, auf eine Grenze zu, den kritischen Punkt der Zustandsänderung.
„Ich will ausbrechen aus meiner Menschengestalt, meinem Menschengeist, meiner Menschenwelt. Oh dieses Gefängnis, verhaßt und geliebt, aus Farben, Tönen, Gerüchen, Gefängnis aus Berührungen, aus Sternen, Raum und Zeit. Dieses schöne, schöne Gefängnis aus lauter Wundern!" Und Jaroslaw Tarski rüttelte an seinen Stäben. Versucht immer wieder, es mit der expansiven Kraft seines Geistes zu sprengen, dessen Natur schöpferische Unersättlichkeit ist; der jede seiner Welten um einer neuen, noch größeren Welt willen zerstören muß und dessen Weg ins Grenzenlose durch unzählige Punkte der Auflösung hindurchgeht.
Mit einer plötzlichen Bewegung greift Jaroslaw Tarski nach seinem Gesicht, und da passiert es: er greift daneben. Verfehlt sich selbst, und mit einem Erschrecken, in das schon das Grauen des Absturzes gemischt ist, sucht er sein Gesicht.
Der Tag verfärbt sich. Die Sonne beginnt, nun, da sie untergehen wird, immer heftiger zu glühen. Während sie rote und goldene Brände in die Ruinen schleudert, löst sich ein blasser Mond aus violetten Wolkenkristallen. Die

Dämmerung wird silbern und grau, ein geisterhaftes Meer, in dem die Hausstümpfe treiben, treiben. Und bald werden sie darin ertrunken sein. Unbewegt leuchtet, Zyklopenauge des Abends, das Ziffernblatt einer Uhr.
Jaroslaw Tarski zündet eine Kerze an. Die Flamme verschlingt den Schatten. Dann nimmt er ein Messer aus der Tasche und betrachtet es lang. Im zersprungenen Spiegel an der braunen Tapetenwand erscheint, goldgerahmt, sein letztes auseinanderfallendes Bild. Er blickt auf, lächelt.
„Nach mir kommt einer, der stärker ist als ich. Er muß wachsen, ich aber muß abnehmen. Die Welt töten, damit sie lebt! Die Welt, die ich hasse. Die Welt, die ich liebe . . ."

Er erwacht mit einem Schrei. Erwacht in einer Welt ohne Sterne und Blumen, in der die bunten Leiber der Vögel in Nichts zerronnen, die Stadt mit ihren Trümmern versunken, alle Bilder im Unendlichen erloschen sind.
Das Ziffernblatt der Uhr leuchtet nicht mehr. Die Mauern der Wirklichkeit sind unsichtbar geworden. Zu seinen Füßen liegt noch das Messer, mit dem Jaroslaw Tarski sich selbst abschnitt von seiner erstarrenden Welt, in der ihm alles zu Eis wurde und Stein. Die glühende Klinge, die er an seine Augen hielt, so lange, bis sein Gesicht im Spiegel erstarb.
Geblendet, fühlt Jaroslaw Tarski nichts als das unaufhörliche Wachsen eines leeren Raums. Fühlt nichts als seinen eigenen Schmerz, der wie ein Pendel in dieser unermeßlichen Leere schwingt, und nirgendwo mehr ein Ufer, aus

dem flüchtigen Sand der Bilder erbaut, an welchem er rasten könnte. Kein Ufer, wo er Halt fände und jenen Widerstand, der seinen Geist spannte und immer tiefer zurückschnellen ließ in sich selbst.

Und nun? Ist dies das Ende? Ist es ein Anfang? Jaroslaw Tarski weiß es nicht. Seine ganze Hoffnung und seine ganze Angst sammeln sich, verschmelzen zum inneren Organ einer neuen, alle Möglichkeiten bergenden Empfindlichkeit. So langsam beinahe, wie eine Pflanze wächst, mit der Urbewegung des Tastens, verläßt er die Ruine.

Tritt hinaus in die Freiheit des Gestaltlosen, in das einsame Abenteuer einer Welt ohne Gesicht, um ihre Tiefe schrankenlos in sich selbst zu durchmessen. Das Sein wirft keine Lichter und Schatten mehr, und alle Dinge haben nur noch ein Innen.

In diesem Augenblick stößt Jaroslaw Tarski gegen das Unsichtbare. Eine scharfe, kalte, blitzartige Berührung, die sich in Angst verwandelt. Er verliert das Gleichgewicht, strauchelt, stürzt. Aus seinem Fall löst sich die amorphe Lawine fremder Geräusche, ein Prasseln und Rauschen und Knistern. Von allen Seiten bedroht es ihn, bricht in ihn ein, überall! Wie der aus dem Abgrund steigende Schwarm apokalyptischer Heuschrecken. Und ihre Angesichter sind wie Menschengesichter, und sie haben Haare wie Weiberhaar, wie lebendige Peitschen. Ihre Zähne aber sind Löwenzähne, und sie fressen sich in sein Fleisch. Die ganze Erde erbebt. Die Sonne ist schwarz wie ein härener Sack, und der Mond tropft auf ihn wie Blut.

Die Sterne des Himmels fallen auf die Erde, wie der Feigenbaum seine unreifen Früchte abwirft, wenn der große Wind ihn bewegt. Der Himmel weicht zurück wie ein Buch, das man zusammenrollt . . .
Ein Engel steht über Meer und Land und schwört: Es wird keine Zeit mehr sein! In der Stimme des siebenten Engels wird das Geheimnis Gottes vollendet. Und die Stimme spricht: „Geh und nimm das Buch aus der Hand des Engels und verschling es!"
Aber die Stimme der Apokalypse, die ihn aus der Tiefe der Zeit trifft wie das Licht eines längst schon zerborstenen und verbrannten Sterns — es ist seine eigene Stimme, und Jaroslaw Tarski antwortet ihr:
„Ich habe das Buch verschlungen, und es ist bitter in meinem Leib. Ich habe die Erde verschlungen, und ich habe den Himmel verschlungen. Nichts ist übrig geblieben außer mir selbst. Und so ist alles übrig geblieben. Ich bin gescheitert. Was soll ich tun?"
Jaroslaw Tarski steht auf. Er kennt keinen Weg. Er weiß, daß er immer wieder fallen wird, und immer wieder aufstehen. Und weitergehen — wohin?
„Ich sehe keinen neuen Himmel und keine neue Erde. Aber ich suche sie! Solange ich bin, werde ich nicht aufhören zu suchen."
Und mit ausgestreckten Armen verschwindet er in der Nacht.

Biographie eines Romans

ICH habe Amour noir vor fünfundzwanzig Jahren geschrieben. Eines Vormittags saß ich mit Jaroslaw Tarski in einem kleinen Wiener Kaffeehaus im 6. Bezirk. Damals hatte ich eine Doppelgängerin, die angeblich dort verkehrte. Das hatte uns neugierig gemacht, doch warteten wir vergebens. Oder doch nicht?

Die Stunden vergingen. „Oranienbaum", sagte ich. „Möchtest du Oranienbaum heißen? Ich glaube, du bist die Hauptfigur meines nächsten Romans." „Löttchen", sagte er. Wenn er lachte, wurden seine dunklen Augen ganz silbrig. Und seine Stimme, ob er nun lachte oder nicht, war schwarzer Samt. „Löttchen, wie kommst du auf diesen Namen?" Das wußte ich selber nicht.

Ich kannte den großen schlanken Mann, der mir zwischen Marmor und grünem Plüsch gegenübersaß, seit meinem fünfzehnten Jahr. „Wer", fragte er, „bin ich?" Rasch übersetzte ich seine Identität in ein paar andere Wirklichkeiten. „Arzt?" Damit war er einverstanden. „Welches Land", fragte ich, „paßt zu dir?" Er überlegte und sagte dann: „Polen". Er liebte, so vermute ich, die Mischung aus Schwermut und Eleganz. Ein polnischer Arzt also, der nach Österreich kam. Nur Oranienbaum, nein. Er wollte nicht Oranienbaum heißen. Und da alles seine Gründe hat, auch wenn wir sie nicht kennen, frage ich mich manchmal, warum?

Mathematik ist eine meiner unglücklichen Lieben. Ihretwegen bin ich kein Psychiater geworden. Denn am Gymnasium fiel ich dreimal in diesem Gegenstand durch.
Allerdings war es nicht praktische, sondern die philosophische Mathematik, die mich anzog. So war es kein besonderer Zufall, daß mir noch am gleichen Tag der Name Tarski begegnete. Der mathematische Logiker aus Polen. Daß Namen Schicksale sind, weiß jeder, der schreibt. Sie sind auch Personen. Alfred Tarski? Nein, das war ein anderer. Irgendein Professor in Berkeley. Er ging mich nichts an. Aber vielleicht Jaroslaw? Jaroslaw Tarski. Ich erinnere mich noch an die sonderbare Erregung, die dieser Name in mir auslöste. Nicht die Doppelgängerin, der Doppelgänger erschien.
Ein paarmal fragte er nach seinem Roman. „Schreibst du?" Ja, ich schrieb. Aber ich wollte nicht, daß er das Geschriebene las. Noch nicht. Später, wenn es gedruckt war. Ein Buch. Die Nabelschnur war dann durchtrennt. Inzwischen hatten wir andere Themen. Damals, wenn ich mich recht erinnere, waren es Plato und der junge Marx. „Du bist eine Idealistin", sagte er, und es klang wie Ladendiebin oder noch Schlimmeres. „Die Menschen leiden. Die Welt ist kein Traum." Wir waren einander so fern wie der Nordpol dem Südpol. Und so nah. Heute weiß ich, daß die Wahrheit nicht auf dieser oder jener Stelle menschlichen Denkens wohnt. Oder glaube ich es? Was Tarski heute glaubt, weiß ich nicht.

Ich lese wieder das erste Kapitel. Was ist Dich-

tung, was Wahrheit? Ich bin nicht mehr sicher, daß es diesen Unterschied gibt. So wenig wie zwischen unser inneren und äußeren Welt. Die Grenze zieht der Betrachter.
Tarski würde mir jetzt widersprechen. Ich sehe, wie er den Kopf zurückneigt, Zorn und Ironie in den halb geschlossenen Augen, und seine Hände ungeduldig auseinanderfaltet wie Flügel.
Die Hände. Waren es seine oder meine eigenen, mißförmig vom Hunger, die ich beschrieb? Nicht nur im Roman, auch in Wirklichkeit geht ja eine Person unablässig in eine andere über. Unsere Identität, falls wir überhaupt eine haben, ist der Wolke ähnlicher als dem Stein.
Als Tarski von weit her nach Wien kam, war ich vierzehn. Ich lebte in einer Ruine, ich hungerte und ich fror. Kein Ofen, kein Bett, und die vierte Zimmerwand war der Himmel. Die Nächte waren von Sternen und den wilden, traurigen Liedern russischer Soldaten erfüllt. Und von einer geradezu mystischen Erwartung.
Erst vier Jahre später habe ich zum ersten Mal von Mirjam gehört. „Eine Verrückte." Tarski sprach das Wort mit großer Zärtlichkeit aus.

Warum beschrieb ich 1960 das tausendneunhundertfünfundvierzigste Jahr? Ich setzte mich an den Schreibtisch. Die Bilder leuchteten auf wie Gewitter, düster und grell. Aber ich war Humoristin. In den letzten drei Jahren hatte ich drei lustige Romane geschrieben. Was war nur mit mir los? War ich überhaupt noch dieselbe?

Und kam daher die den Roman wie ein Motiv durchziehende Angst, in etwas anderes verwandelt zu werden?
Die Angst, und eine völlig wahnsinnige Hoffnung. Bewußtseinserweiterung, obwohl seit Jahrtausenden von Schamanen aller Kulturen geübt, wurde erst in den späten sechziger Jahren zum Schlagwort und zum Programm. Aber vielleicht hat auch der Kalender nur Wahrscheinlichkeitswert. Bei mir gehen alle Uhren vor, immer und überall, und kein Uhrmacher findet den Fehler. Ich selbst gehe vor.
Wie Tarski, und vielleicht wurden wir darum Freunde. Wir lebten in einer Zeit, die es noch nicht gab.

Sichtbare und unsichtbare Zeit. Verhalten sie sich zueinander wie die äußere zur inneren Welt? Sichtbare Zeit ist, wie die äußere Welt, immer Vergangenheit. Gegenwart, in der Sichtbares und Unsichtbares sich berühren, ist zeitlos, weltlos.
Jaroslaw Tarski war, als ich ihn kennenlernte, eine schwarze Sonne. Nie bin ich einem mystischeren Menschen begegnet. Zur Zeit, in der Amour noir spielt, lebte er in der Gegenwart, jener messerscharfen Grenze zwischen zwei Zuständen des Bewußtseins.
Als ich Amour noir schrieb, nicht mehr. Da war ich es, die jene — vielleicht unmenschliche — Gegenwart suchte. War ich weniger zornig und mitleidig als Tarski, der in die Zeit, um gegen sie zu kämpfen, zurückgekehrt war?

„Kommt es Dir nicht selbst allmählich merk-

würdig vor", schrieb er mir am 26. Mai 1959, „daß Du zur Erkenntnis hinter Jalousien gelangen wolltest? Weißt Du, was ein Alibi ist? Nun, das wäre ein (unmögliches) Alibi des Geistes: ‚Ich war nicht dabei, während die anderen sterben, hungern, ausgebeutet werden, gefoltert werden, sich selbst und des Menschlichen entfremdet werden ... Ich war in meinem Turm, ich habe Erkenntnisse gesammelt. Wie ich denke, so ist die Welt. Ich läutere mich im Turm, die Welt draußen wird dadurch geläutert.' Wäre es nur Selbstbetrug! Aber ist es nicht Betrug an anderen? Hast Du nicht bemerkt, daß Du damit konkrete Menschen betrügst — zunächst die zwei, drei nahen Menschen, dann aber alle anderen, die Anrecht auf Deine Intelligenz haben?"
Ich schlief, und Tarski war wach. Beides sind legitime Zustände des Menschen. Legitim? Also rechtfertige ich mich noch immer. Nein, beides sind einander bedingende natürliche Zustände im rhythmischen Wechsel. Ich meine damit nicht nur Tag und Nacht. Mit allen meinen Zellen weiß ich, daß auch der Mikrokosmos, daß auch der Makrokosmos wacht und schläft. Und in beiden Zuständen träumt.

„Du träumst, statt zu leben!" Tarski sagte es immer wieder zu mir. „Sieh dich an, sieh die Welt an." Wenn ich es heute tue, sehe ich ihre und meine Verwandlung. Tarski und ich haben uns etwas schneller verwandelt als die Welt, und das war unser Problem. Wir teilten es mit einigen wenigen, deren Namen später glänzend wurden, und mit vielen, deren Namen

glanzlos geblieben sind. Irgendwo las ich einmal über die Kriminalromane Simenons, daß in ihnen das Milieu selbst sich zum Mörder verdichtet. Auch die Zeit verdichtet sich zu ihren Helden. Um erkannt zu werden, dürfen sie nicht zu klein sein. Aber auch nicht zu groß! Was wir Erfolg nennen, wird vom empfindlichen Gleichgewicht zwischen Originalität und Gewöhnlichkeit, Kühnheit und Anpassung bestimmt.
Wir sind Revolutionäre gewesen, Tarski und ich. Aber, und das war unser Jammer, nicht in der gleichen Revolution. Wir betrachteten einander mit wachsendem Mißtrauen. Zuletzt hielt ich uns beide, Tarski und mich, für Verräter. Und traf damit den Nagel auf den Kopf.
Bald darauf begann — unsichtbar wie alle Anfänge, wie alle Quellen, bevor sie zu Flüssen werden — die Rebellion der sechziger Jahre. Heute bezeichnet man sie als Bewußtseinsveränderung der Generation seit 1968. Diese Revolution war dualistisch, hatte eine männliche und eine weibliche Seite. Die Sonnenrevolutionäre, wie ich sie nennen möchte, waren nach außen gerichtet, politisch und aggressiv. Die Mondrevolutionäre waren nach innen gerichtet, individualistisch und sanft. Es gab auch Sonne-und-Mond-Hermaphroditen wie Herbert Marcuse und Teilhard de Chardin.
Beide habe ich, lang bevor die Flut ihrer Publikationen über uns alle hinwegrollte, durch Tarski kennengelernt. Sie waren Kreuzwege. In ihnen vereinigten sich Sonne und Mond. Und trennten sich wieder.

Wie Tarski und ich. Wir trafen einander fast täglich. Aber unsere Wege gingen, unaufhaltsam, auseinander. „In mir:“, schrieb er am 20. April 1959, „Neigung, die Bedeutung der materiellen Zeichen zu übertreiben, ohne immer zu merken, daß sie oft auf das Geistige nur hinweisen. Umgekehrt bei Dir: Neigung, die Bedeutung der materiellen Zeichen zu bagatellisieren, ohne zu merken, daß sie nun da sind, das irdische Leben ausmachen, und daß (das ist besonders wichtig!) sie Ängste und Unbehagen erzeugen, falls man sie verachtet. Ängste und Unbehagen, die man dann falsch erklärt, da man die Wirkung des Materiellen nicht wahrnimmt und sie durch ‚geistige‘ Probleme wegerklärt. Glaubst Du denn, es existiere eine geistige Welt, die nicht ihren Ausdruck und ihre Geschichte im Materiellen fände?“

Wahrscheinlich spalten wir selbst die Welt wie einen Atomkern in Materie und in Geist, und es gibt zwischen Sonne und Mond ebenso wenig einen Unterschied wie zwischen Marxismus und Mystik. Aber wie macht man den Atomkern, wie macht man die Welt wieder ganz?

„Ich werde immer weniger Christ“, schrieb er mir am 22. August 1964, „und liebe Paulus immer weniger.“ Ich war, ohne selbst gläubig zu sein, traurig darüber. Vielleicht glaubte ich in ihm und durch ihn. Sein mystisches Christentum war wie ein Schatz, den ich besessen hatte, und den ich nun verlor. „Stückwerk ist unser Erkennen, und Stückwerk unser Prophezeien ...“ Wie oft hatte er diese Paulusworte zitiert, im riesigen blauen Fauteuil seines Arbeitszimmers sitzend, und vor den Fenstern war der Himmel, rauschten die Bäume. Irgendwann zog er sich in ein Kloster in den Pyrenäen zurück. Oder wollte er es nur immer tun? Ich weiß es nicht mehr. Manchmal, wenn ich an ihn denke, sehe ich ihn in einer braunen Kapuzenkutte. Von allen möglichen Leben hätte — auch wenn er nie keusch und gehorsam gewesen wäre — das mönchische am besten zu ihm gepaßt.

Auch die sexuelle Revolution nahm Jaroslaw Tarski vorweg. „Hast du übrigens nachgedacht", schrieb er mir 1958 oder 1959, „wieviel Angst, Bosheit, schlechtes Gewissen, Schäbigkeit unsere Kultur, unsere Epoche der Sexualität aufbürdet? Alles wehrt sich dagegen. Nun muß sich die Sexualität sublimieren, das glaube ich schon. Aber man ist überfordert. Die Spießer sagen, die Epoche sei ‚übersexuell'. Das ist nicht wahr, sie wehrt sich verzweifelt gegen die übergroße Unterdrückung. Ach, wie traurig ist die heimliche Sexualität mit drittrangigen Huren und die der Bedürfnisanstalten! Aber warum ist sie da? Ich will sie nicht entschuldigen, aber sie ist da, weil man VERLANGT so viel, was der Mensch doch nicht sofort tragen und geben kann: Pflicht, Moral etc. Man ist erbarmungslos. Dadurch wird alles, was nicht nach dieser Forderung geht, verdammt, fristet ein schuldiges und schmutziges Dasein. Und immer das böse Gewissen, die Tötung. Ich habe unlängst eine einfache Wienerin gefragt, ob es nicht so wäre, daß in

ihrem sexuellen Leben 5 % Freude wäre, und 95 % Schuld, Angst vor dem Mann, vor den Kindern, vor der Moral, vor der Welt etc. Sie hat nachgedacht und es zugegeben. Wie das traurig ist! Was hat sie schon verbrochen? Die einfachste und süßeste Freude des Lebens wird vergällt, vergiftet. Der Mensch wird nicht akzeptiert; aber schlimmer: es bleibt ihm nichts anderes übrig, als sich auch nicht zu akzeptieren, immer zu leiden unter Schuld."
Und, einen Tag später: „Es gibt, solange wir leben, keine Identität zwischen Erkennendem und Erkanntem. Ist es aber ein Grund, den Menschen — wegen dieser Diskrepanz — fortwährend mit Schuld zu beladen? Ewige Schuldgefühle sind auch Zeichen des Nie-versöhnt-Seins: als ob man durch Befolgung einer Moral schuldlos werden könnte."

Wir stritten damals über beinahe alles, sogar über die Kritzeleien an den Wänden der öffentlichen Bedürfnisanstalten. Am 24. Februar 1959 schrieb er mir: „ ‚Man setzt sich mit einer Wandkritzelei nicht auseinander, man schaut nicht hin.' So spricht nicht nur die Lotte, sondern eine konkrete geschichtliche Form der Gesellschaftsherrschaft. Diese Kultur sagt weiter: ‚Man setzt sich nicht mit der Prostitution auseinander, man läßt die Huren polizeilich bewachen. Man setzt sich nicht mit Homosexuellen auseinander, man bestraft sie. Man setzt sich nicht mit der Pornographie auseinander, man verbietet sie.' Indes ist die Gesellschaftsstruktur — und sie allein — für Wandkritzeleien, Prostitution, Homosexualität, Pornographie verantwortlich. Diese Erscheinungen bejahe ich nicht ‚an und für sich', denn ich behaupte, daß Wandkritzeleien eben Wandkritzeleien sind, weil die Gesellschaft auf grausame und heuchlerische Art den Ausdruck des Menschen knechtet. Daher im konkreten Streit bin ich auf der Seite der Wandkritzler, der Prostituierten, der Homosexuellen, der Pornographen, und ich behaupte, diesen Ausdruck muß man entziffern lernen (also nicht: ‚man schaut nicht hin') und ihn aus dem Zustand des ohnmächtigen Protestes zum mächtigen verwandeln."

Und, etwas später: „Vor dem Angesicht des Ewigen ist auch die Sprache Platos, die Sprache Chardins — ein Wandkritzeln. Nun, ich vergleiche nicht das Wandkritzeln mit der Sprache Platos. Aber ich bin überzeugt: mehr Schönheit lebt im Wandkritzeln als in sämtlichem Puritanismus, der das Reich der vergötzten Angst ist."

Auf einem der vielen kleinen Zettel, die er mir schickte oder zusteckte, schrieb er am 26. April 1963: „Die Dinge, die schon geschehen sind — im verzweifelten Versuch der Befreieung, in der Vorwegnahme der Utopie und der Freiheit — mögen eine Karikatur erscheinen, sie werden aber erst — und echt — geschehen, nicht nur im Wahn."

Was habe ich selbst, während ich diesen Roman schrieb, getan? Ich sehe mich durch den Volksgarten gehen, alle Tage, während die Rosen blühen, und die Welt hat einen goldenen Heiligenschein. Ich habe zwei Herzen. Ein schwarzes, das trauert — aber die Geschichte hat nichts mit dieser Geschichte zu tun. Und

ein blaues, dem Flügel wachsen. Denn ich gehe alle Tage zum Rendezvous mit einer Yogin.
Die Welt ist Maya, und ich bin ER. Gott, der keine Person ist, sondern — kann man es so nennen? — ein Zustand. Der höchste. Teilhards Omega? (Teilhard glaubte sicher nicht an den „lieben Gott".) Ein Omega, das Zentrum unseres verwirrten Wesens ist. Aber natürlich habe ich das alles ganz anders gelernt.
Von Ananda, das bedeutet Seligkeit. Und sie trug, trägt diesen Namen zu Recht. In schneeweißen Hosen erwartete sie mich jeden Vormittag in der Allee. „Shanti, Ananda." „Shanti, Benjamin." Ich weiß nicht, warum ich so gern Benjamin heißen wollte. Vielleicht, weil ich einmal so hieß.
Ich glaube, Ananda war der erste Yogi von Wien. Damals waren wir noch nicht indisch. Das heißt, ich schon. Mit zehn Jahren hatte ich die Reden Gautama Buddhas gelesen, mit elf prügelte ich mich mit meinen empörten Schulkameradinnen im Novaragassen-Gymnasium wegen der Wiedergeburt, und mit fünfzehn ging auf dem Josefsplatz fast die Welt für mich unter, weil ich die 50 Groschen nicht hatte, das Entree ins Paradies der Buddhistischen Gesellschaft.
Von meiner Familie kam diese Leidenschaft für den Osten gewiß nicht. Und meine Freundinnen, meine Freunde waren Gassenkinder. Wir warfen mit Steinen aufeinander, und im Volksschulalter verlobten wir uns. Mein sommersprossiger Bräutigam hieß Fritz und schenkte mir einen Ring aus dem Zuckerlgeschäft. Nein,

mit dem Nirwana hatte dies alles kaum etwas zu tun.
Schon eher mit der Uhr, die immer vorausgeht. Manchmal stelle ich mir die Zeit als Landschaft vor, in der Ereignisse — innere wie äußere — die Flüsse, die Berge, die Bäume sind. Wir alle gehen, hintereinander und nebeneinander, durch diese Landschaft, und ein paarmal verirren wir uns. Man verirrt sich in der Zeit genauso leicht wie im Raum, besonders, wenn man nicht ganz zur Erde gehört. Don Quixote, zum Beispiel, hat sich in die Vergangenheit verirrt. Tarski und ich verirrten uns in die Zukunft, wenn auch nicht in dieselbe. Tarski ging mehr nach links, und ich mehr nach rechts. Kein Wunder, daß wir dabei in völlig verschiedene Gegenden geraten sind. Der Weg scheint unsere Freiheit zu sein.
Wirklich? Und gehen wir durch die Zeit — oder geht sie durch uns? Wie dem auch sei, Tarski wurde ein Frührebell, und ich ein Frühyogi. Bei russischem Tee löste sich im Pavillon des Volksgartens die Welt auf. Ich selbst löste mich auf wie „eine Salzpuppe im Meer".
„Du warst schon mein Schüler", sagte Ananda, „und liefst mir davon. Du wirst mir auch diesmal davonlaufen." Sie sah aus wie Königin und König zugleich. Natürlich hatte sie keinen Vollbart! Aber wenn ich an sie zurückdenke, schon. Einen wilden schwarzen Bart, aus dem Funken sprühen, eine goldene Krone und Brüste wie die Mutter der Welt. Nur den Baß hat sie in Wirklichkeit auch gehabt.
Liebe Ananda. Ich kam, um einen Toten zu finden. Und fand mich selbst.

Ob am Ende die Romanfiguren wirklich sind und ihre Dichter, vielleicht sogar ihre Leser, erfinden? Im 6. Kapitel begegne ich soeben dem Herrn Oberbaurat und bin beklommen. Wer ist dieser Mensch? Ein paar Jahre später sollte ich den Einakter „Vanillikipferln" über ihn schreiben, und in meinem ersten oder zweiten Roman kommt er auch vor. Verfolgt er mich, verfolge ich ihn?
Die Großfürstin, Tarski, Mirjam hat es wirklich gegeben. Auch Mirjams Liebhaber, und Tarski ging als einziger hinter seinem Sarg.
Den Mann der Großfürstin hab ich erfunden. Und traf ihn zehn Jahre später in Irland. Er war der Besitzer eines ausgebrannten Hotels und servierte Feinschmecker-Menüs in der Ruine. Außer Bluejeans trug er nur ein Monokel. Seine Brust und beide Arme waren mit mathematischen Formeln tätowiert. Eine, da wir offenbar beide Verehrer von Albert Einstein sind, erkannte ich, als er mir den köstlichsten Hummer meines Lebens auf den Teller legte: E = mc Quadrat.

Als Tarski mir zum zweiten Mal von Mirjam erzählte, war sie schon tot. „Jeder tötet sich", schrieb er am 18. April 1959, „wie er kann. Gott sei gedankt, auf diesem Gebiet, wie auf allen, gibt es wenig Talente. Wir glauben oft, unser Dasein zu verteidigen, indem wir weniger leben."
Das Gegenteil galt für Mirjam. Sie verteidigte ihr Leben nicht, sondern griff es an, zerstörte es durch Intensität. Ein Talent? Sie war eine geniale Selbstmörderin.

Am 28. Jänner 1959 schrieb Tarski mir: „Als Kind (da man noch total auf die Akzeptierung durch die Welt angewiesen ist) wurde man nicht akzeptiert (also geliebt, wenn Du willst ...); da man als kleines Kind nicht ‚recht' haben kann gegen die Welt, nimmt man an, die Welt hat ‚recht', und man akzeptiert sich selbst nicht. Ein nicht akzeptiertes Leben ist potentieller Tod."
Wo ist die Grenze vom Selbstmord zum Mord? Wo, allerdings auch, ist die Grenze zwischen den Menschen. Ich habe den Verdacht, daß es gar keine gibt.

Da ist das Haus auf dem grünen Hügel in einem immer und immer wiederkehrenden Traum. Ein breiter Kiesweg, auf dem nachts eine Laternen-Allee leuchtet, und eine steinerne Treppe führen zum Tor. Wie oft bin ich auf dem Kiesweg, bin ich über die Treppe gegangen!
Dieses Haus ist anders als alle Häuser, die ich kenne. Tarski lebt dort. Nicht mit Mirjam, und auch nicht mit Ljuba. Sondern mit seiner zweiten Frau, die ich sehr lieb habe und die wie eine orientalische Prinzessin aussieht. Aber im Traum sind sie Geschwister, und ich selbst bin im Traum noch ein Kind.
Ich habe Herzklopfen, wenn ich mich dem Haus nähere, und der Anblick seiner beiden Bewohner erfüllt mich mit Freude und Scheu. Wer bin ich, wer sind sie? Und träumt das Kind, das den Hügel hinaufsteigt, manchmal von mir?
Die Wurzeln sind unsichtbar. Aber ich bin fast

sicher, daß unser Leben sich wie ein Baum in viele Existenzen verzweigt. Oder spaltet das Licht, das wir selbst sind, sich in ein Spektrum von Lebensläufen?
In einem davon bin ich mit Tarski, der Prinzessin und dem Haus auf dem Hügel verbunden. Und auch, in einer der zahlreichen oder zahllosen Parallel-Welten, mit Mirjam, Max Bittner und seiner Zwillings-Schwester, der Nonne. Woher sollte ich sie sonst kennen?

Wie oben, so unten. Und der Abgrund ist ebenso ein Berg, den wir ersteigen, wie der Berg ein Abgrund, in den wir fallen. Das Chaos macht uns zum Kosmos, der Kosmos wieder zum Chaos. Aber es ist nicht das gleiche Chaos, nicht mehr derselbe Kosmos. Wir werden andere, verwandeln uns, überschreiten die Grenze.

Amour noir ist die Geschichte einer allgemeinen wie auch einer persönlichen Grenzüberschreitung, obwohl ich das, als ich sie schrieb, noch nicht wußte. Ich glaubte einfach, ich würde verrückt. Und ich wurde, wir alle wurden ver-rückt. Unsere alte Welt schwankte, bekam Sprünge, und die Häuser stürzten, wie in den vierziger Jahren, zusammen.
Diesmal waren es Häuser, die wir in uns erbaut hatten. Ideale, Werte, Moral. Tabus und Verhaltensmodelle. Ganze Weltbilder zerfielen zu Asche und Schutt. Unser Geist wurde, wie die Leiber zuvor, obdachlos.
Wie außen, so innen. Instinktiv wählte ich als Romanzeit die vierziger Jahre, in denen sich

schon die sechziger Jahre spiegelten. Alles, Ende wie Anfang, ist ja gleichzeitig da, und Zeit weiter nichts als Bewegungen des Bewußtseins.

Mein langer Trip, wenn man es so nennen möchte, war frei von Drogen. Damals waren sie noch nicht auf der Bühne unseres Bewußtseins erschienen, und möglicherweise war Tarski der erste, der in Europa mit LSD — da hieß es noch anders — experimentierte.

Die Rebellen und Deserteure aller Kulturen bedienten sich der Rauschgifte als eines Vehikels der Entgleisung. Drogen beschleunigen die Entropie, das Chaos, die Verwesung alter Strukturen. Sie beschleunigen gewisse Veränderungen im Spektrum der Wahrnehmung. Daß sie diese auslösen, glaube ich nicht. Eher schon mag es sich um Entsprechungen handeln. Wer fest im Sattel sitzt, fällt nicht herunter und fliegt nicht hinauf.

„Du sitzt neben dem Sattel", hat Tarski einmal zu mir gesagt. Ich fiel, und ich flog. Auch ohne Drogen entdeckte ich, daß es mehr als nur eine Wirklichkeit gibt.

Eigentlich waren Tarski und ich für Revolutionäre zu alt. Allenfalls mir konnte man trauen, ich war noch nicht dreißig. Mit einer gewissen Rührung denke ich an uns beide zurück. Zwei unbürgerliche Bürger, korrekt gekleidet (grauer Anzug, blaues Kleid), mit korrekten Manieren (Handkuß zur Begrüßung, Handkuß zum Abschied), einer Leidenschaft für Krimi-

nalromane (Simenon), Science Fiction und Kino (Wildwest, Fellini, Buñuel).
„Hast Du das Tagebuch der Anne Frank gelesen?" schrieb er am 21. Mai 1959. „Hast Du eine gute seriöse Untersuchung über Konzentrationslager gelesen? Hast Du eine ernste kritische Biographie von Hitler oder von Stalin gelesen? Hast Du eine gute Untersuchung über die Ursachen des zweiten Weltkrieges gelesen?"
Ich glaube, ich habe ihm nichts von Ananda erzählt. „Charlotte", hätte er dann zu mir gesagt. Wenn er bös auf mich war, nannte er mich immer Charlotte. Aber er schenkte mir „Alice im Wunderland" und strich eine Stelle aus den „Ratschlägen einer Raupe" an:
„Was willst du damit sagen?" fragte die Raupe streng. „Drück' dich doch klar aus!"
„Ich fürchte, mein Herr, ich kann mich selbst nicht klar ausdrücken", sagte Alice, „weil ich nicht ich selbst bin, Sie verstehen!"
„Ich verstehe nicht", sagte die Raupe.
„Ich kann es wirklich nicht klarer sagen", erwiderte Alice sehr höflich, „denn erstens versteh' ich es selber nicht, und außerdem ist es sehr verwirrend, wenn man im Laufe eines Tages so oft die Größe wechselt."
Und trotzdem zwei Rufer in der Wüste, zwei Täufer. Aber das Wasser schöpften wir aus dem gleichen Fluß. Es gibt nur den einen. War er ebenso besessen von der Gestalt Johannes des Täufers wie ich? Wir saßen in seinem Zimmer — Tarski im blauen Fauteuil und ich auf dem Teppich, weil ich Teppiche vorzog — und redeten über ihn. Oder redete ich? Das Wasser-

mann-Zeitalter war damals gewiß noch kein Thema. Aber wenn ich heute an uns zurückdenke, an Tarski und mich — waren wir nicht wirklich Täufer des Aquarius?

Die Großfürstin war seine Verbündete, und die Oberschwester sein Feind. „Ich hab eine große, aufrichtige Bitte —“, steht auf einem seiner kleinen Zettel. „Versuche, so viel es geht, nicht auf der Seite des Internates (auch eines guten), der Regel (auch einer notwendigen), des NEIN zu sein.“

Tarski suchte — und wie verzweifelt! — eine Komplizin gegen das Internat, als das ihm die Gesellschaft erschien. Die Figur der Oberschwester ist wahrscheinlich ihr Symbol. Wahrscheinlich, weil ich eher wie ein Medium schreibe und mich das Geschriebene — allerdings nur, wenn es einigermaßen geraten ist — immer erstaunt.

Tarski erwählte mich zur Komplizin und beschuldigte mich gleichzeitig, keine zu sein. Am 19. Mai 1959 warf er mir vor: „Also: meine Alliierte, aber nicht gegen ein Internat. Also: nur dann, wenn ich das Internat akzeptiere. Man braucht dann keine Alliierten mehr, Löttchen, man hat den stärksten Alliierten, nämlich das Internat.“

In Wirklichkeit lebten wir in zwei verschiedenen Internaten. Seines war die Gesellschaft und meines die Vernunft. Wie habe ich sie gehaßt! Ihre beiden Aufseher, Logik und Kausalität, waren meine persönlichen Feinde. Und sind es geblieben. Erst viel später entdeckte

ich, daß ich in einem magischen Universum lebte. Noch immer.
Oder schon wieder? Zwischen damals und heute begann das irrationale Zeitalter des Wassermanns.

Auf einem ganz kleinen Zettel vom 23. März 1959 steht: „Der kleine Ritter, der kleine Bruder, ist sehr tapfer. Er kämpft mutig, nur ist sein Panzer viel zu groß und schwer für ihn. Er soll keine große Angst haben vor Verwundungen; denn wofür kämpft er? Für den Tod oder für das Leben?"
Kämpfte ich überhaupt? Wie Großfürstin und Oberschwester zwei Erscheinungen einer Welt, sind Leben und Tod die beiden Seiten des Menschen. Links und rechts. Heute weiß ich, daß wir Leben und Tod in uns verheiraten müssen, und daß diese chymische Hochzeit der Sinn unserer Existenz ist.
Von der Hochzeit, der Erkenntnis der eigenen Ganzheit, war ich zu jener Zeit weit entfernt. Ich war, wie Tarski der Komplize des Lebens, die Komplizin des Todes. Der Tod war mein Liebhaber.
Tarski schenkte mir eine Kastanie und einen Stein. „Meditiere darüber", sagte er. Ich tat es. Der Stein war lebendiger als die Kastanie, das Leben töter als der Tod.
Einmal, und das werde ich nie vergessen, sagte Tarski: „Der Tod ist eine Gemeinheit! Wir dürfen uns den Tod nicht länger gefallen lassen." Aber das kann nicht bedeuten, daß wir unser Leben beliebig verlängern, ebenso wenig wie den Kreislauf eines Jahres zwischen zwei Win-

tern. Der verlängerte Mensch würde zum Monstrum.
Was also können wir gegen den Tod, der ja wirklich eine Gemeinheit ist, tun? Ihn in uns bewußt werden lassen, die Grenze, die Leben und Tod voneinander trennt, nach beiden Richtungen überschreiten, und so erfahren, daß sie zwei Hemisphären eines Individuums sind.
Wir haben nicht gestern gelebt und sind morgen tot. Wir sind tot, und wir sind lebendig. Jetzt!

Vom anderen Ende der Welt schickte Tarski mir einen Schrumpfkopf, geröstete Ameisen und einen ausgestopften Frosch. Eine rote Riesenschlange wollte er persönlich als Reisegepäck mitbringen. Er war völlig vernarrt in das Tier und beabsichtigte, es zusammen mit seinem kleinen Hund Zwacki im Hause zu halten. „Sie oder ich!" sagte die Frau, die wie eine orientalische Prinzessin aussieht. Da blieb die Schlange im Busch.

Daß wir die Wirklichkeit zerstören müßten, um frei zu sein, glaubte ich damals selbst. Glaubte? Ich war wie besessen davon. Die Zerstörung der Wirklichkeit. Eine knappe Generation später haben Terroristen damit begonnen. Aber hab ich es so gemeint?
Sicher, ich bin in meiner Jugend Anarchistin gewesen, und wahrscheinlich bin ich das noch immer. Auf die Idee, Bomben zu legen und Leute zu entführen, wäre ich im Traum nicht gekommen. Das ist einfach zu dumm. Terroristen beseitigen, wie unsere antiquierte Schul-

medizin, nur die Symptome. Die Wurzeln der Krankheit, die Wurzeln der Wirklichkeit sind in uns selbst. Diese Wurzeln wollte ich ausreißen. Nicht in der äußeren, sondern in meiner inneren Welt.
Die Mauern der Wirklichkeit, die ich so verzweifelt haßte, waren aus meinen eigenen Gedanken, Gefühlen, Wahr-Nehmungen erbaut.

Tarski und Mirjam. Animus und Anima. Beide haben die ICH-Grenze zu überschreiten versucht. Wer sie überschreitet, durchbricht die Mauern der Wirklichkeit. Aber es ist verdammt schwer. Und wie leicht ist es, Bomben zu werfen!
Ein einziges Mal habe ich Tarski in Terror-Stimmung erlebt. Das war, als irgendein Präsident in Südafrika die scharfe Apartheid erklärte. Wir saßen gerade im Künstlerhaus-Kino. „Jemand", flüsterte Tarski mir in der Dunkelheit zu, „müßte auf ihn schießen."
Jemand hat dann auch auf den Präsidenten geschossen, und sogar ich fand es richtig. Also doch? Und läßt sich überhaupt die äußere von der inneren Welt trennen? Jetzt bin ich verwirrt.
Tarski verliebte sich in einen Kolkraben. Er besuchte ihn, wenn er es einrichten konnte, alle Tage im Schönbrunner Tiergarten. Der Rabe wartete schon auf ihn. Das gegenseitige Begrüßungszeremoniell war kompliziert und, wie die alten Tänze, genau festgelegt.
Zwei schwarze Vögel, ein großer und ein kleiner, umtanzten einander. Tarski bat mich oft,

ihn zu begleiten. Wie leid es mir heute tut, daß ich es unterließ!
Die rote Schlange, der schwarze Rabe. Eines Tages hatte Tarski die Idee, seinen Freund, den Kolkraben, zu kaufen oder, notfalls, zu entführen. „Natürlich", erklärte er mir, „wird er bei mir nicht im Käfig leben." Er hatte irgendeine Idee von Freiheit und roten Samthosen.
Die Prinzessin — und sie war, an seiner Seite, ein Engel an Phantasie und Geduld — erblaßte. „Weißt du es schon?", fragte sie. Ich nickte. „Raben frisieren die Wimpern!" Sie erschauerte. „Er wird uns die Augen aushakken", sagte sie dumpf.
Der Rabe blieb in Schönbrunn.

„Was macht Amour noir (ohne ‚e')" erkundigte Tarski sich am 8. Juli 1961 vom anderen Ende der Welt. Also habe ich ihm irgendwann das Manuskript oder seinen Anfang gezeigt. Und die Liebe — richtig, wenn auch nicht orthographisch — weiblich geschrieben.
Als wäre es heute. Die Wohnung im 3. Bezirk, in der Nähe des Donaukanals, in der ich sechzehn Jahre lang mit meinem ersten Mann lebte. Bürgerlich, zwanzigstes Jahrhundert, Kaukasisch-Nuß. Abend. Ich habe kein Licht angezündet. Sitze allein in meinem Zimmer, auf dem Bett. Denke ich nach? Wahrscheinlich schaue ich nur so ins Dunkle hinein.
Plötzlich merke ich, daß die Welt wie Feuer aus mir herausbricht, aus allen Poren, um sogleich wieder von meinem ganzen Leib verschlungen zu werden. Dies wiederholt sich unablässig in einem blitzschnellen Rhythmus. Heute frage

ich mich, ob es der Rhythmus von Leben und Tod war? Dieses Ein- und Ausatmen meiner Welt, und wenn sie aus mir heraustrat, war ich lebendig. Sie kehrt in uns zurück, und wir sind tot. Nicht erst, wenn wir sterben! Solange wir beide Zustände nicht transzendiert haben, sind wir in beiden Zuständen lebendig und tot. Diesseits und Jenseits sind weder räumlich noch zeitlich voneinander getrennt, und der historische Mensch ist aus beidem gemacht. Aber es gibt einen dritten Zustand — vielleicht auch endlich oder unendlich viele — jenseits von Leben und Tod.

Manchmal sah ich, wie die eine oder andere Person sich durch verschiedene Leiber bewegte. Ich bin dann jedes Mal, auch schon als Kind, sehr erschrocken. Obwohl Kinder die Wahrheit noch aus den klaren Quellen der Märchen schöpfen. Im Märchen ist es normal, daß ein Mensch sich in einen andern verwandelt. Oder in etwas anderes, Ding oder Tier.
In der Wirklichkeit auch. Aber wir haben sie in die Käfige unserer Erwartung gesperrt. Haben die wilde, fremde, ganz und gar unberechenbare Wirklichkeit in den Netzen der Logik, den Fallen der Kausalität gefangen und domestiziert. In unseren Augen, in unseren Ohren, in allen fünf Sinnen. Wo anders konnten wir es ja nicht. Und so behaupten wir also, Herr Meier wäre Herr Meier.
Falsch! Personen sind Prozesse, kosmische Handlungen, sind Bewegungen im Ozean des Lichts.
In Wirklichkeit, falls es eine Wirklichkeit gibt,

stürzte Mirjam sich nicht aus dem Fenster, sondern hat ihr Leben mit vierundzwanzig Jahren durch Einnahme von zwei Tuben eines Schlafmittels beendet.
Beendet?

„Problem des ‚ausgereiften Todes' ", schrieb Tarski mir am 31. März 1959. „Daran denk ich viel. Deine Faszination durch den Tod war kein ‚Un-sinn', höchstens ein ‚Wahn-sinn'. Der Tod reift, wenn das Leben reift. Leben heißt sterben. Nicht leben heißt auch: nicht wirklich sterben können (Kastanie). Richtig leben — richtig sterben; nicht vorgreifen, nicht vorwegnehmen, nicht verfrüht abbrechen; das Leben wegwerfen ist noch lange nicht sterben; dem Leben ‚Nein' sagen ist auch dem reifen Tod ‚Nein' sagen. Ich möchte ein richtiges Verhältnis zum Tode finden; das werde ich erst, wenn ich das Leben (und das Leben ist ja in mir, ist ich) richtig liebe. — — Auch die Vergeistigung soll ausgetragen werden, sie soll nicht welk sein."

Ich habe Ananda, wie sie es voraussagte, verlassen. Ich kam zu ihr, und ich ging von ihr fort, alles, während ich diesen Roman schrieb. Wir standen an der Ecke Tuchlauben und Wipplingerstraße. „Ich möchte", sagte ich, „nicht das Kostüm einer fremden Kultur tragen."
Wie töricht von mir! Es gibt keine fremden Kulturen, und es gibt keine Kostüme. Wir sind ein Ganzes, Einziges, das sich in Teilen wahrnimmt. Ob ich mich im Christentum, im Hindu-

ismus, Taoismus oder wo immer erkenne, ist gleichgültig. Ist g l e i c h g ü l t i g!
Am 21. Oktober schrieb Tarski vom anderen Ende der Welt:
„Nein, es gibt keine Paradiese ‚irgendwo' und ‚irgendwann', man soll sie sich schaffen."
Hatte ich es versucht? Aber meine Paradiese waren nicht human wie die Tarskis. Sie waren sogar unmenschlich. Ich sagte mir selbst adieu und wollte mich abschneiden vom Galgen der Welt. Die Gehenkte war tot, war lebendig, und wollte etwas Drittes, anderes sein.

Mich faszinierte die Jakobsleiter der Dimensionen. Geduldig schnitt Tarski einen Nachmittag lang immer wieder dieselbe Papierschlange aus. Sie wechselt nämlich, man weiß nicht, wieso, plötzlich die Dimension. „Verstehst du es jetzt?" fragte Tarski.
Nein, ich verstand nichts. Ich nahm alle Papierschlangen mit nach Hause und legte sie auf meinen Schreibtisch. Sie hüteten ihr Geheimnis. Wie die Zeit.

Aber eines Tages wird die Zukunft mit der Vergangenheit Hochzeit machen, und wir werden überall gleichzeitig, und gleichzeitig überall,sein.

Auf einen Zettel ohne Datum hat Tarski eine große fette Zeile aus einer französischen Zeitung geklebt:
HEUREUSEMENT, JE SUIS PARFAITEMENT MORT
Darunter schrieb er: „Was sagst Du dazu?"

Um sehend zu werden, blendet Tarski sich selbst. Damals dachte ich nicht an Ödipus. Heute schon. Wenn auch gewiß nicht an Freud!
Ödipus löst das Rätsel der Sphinx: wer bin ich?
Ödipus tötet seinen Vater: Adam, die eigene Vergangenheit.
Ödipus heiratet seine Mutter: die Anima.
Die mystische Hochzeit macht ihn blind und zum Bettler: er vertauscht die äußere mit der inneren Welt. Flügel tragen ihn in die Tiefe, der Abgrund wird zum Licht.
Aber die chymische Hochzeit zwischen Mirjam und Tarski findet nicht statt. Etwas ist schiefgegangen. „Laß sie", sagt die Großfürstin, die Mutter Materie, zu Tarski. „Ihr ist nicht mehr zu helfen. Kaputt." Die zerstörte Seele zerstört sich selbst bis zum Sprung in den Abgrund. Aber ist es ein Abgrund des Lichts?
So wenig, wie Tarski das Rätsel der Sphinx löste, erlöste er seine Seele. Tarski als Ödipus unserer Zeit, ein Ödipus der Apokalypse?

Wahrscheinlich ist Amour noir ein mystischer Roman, den ich, als ich ihn schrieb, selbst nicht verstand. Auch die zwei oder drei Verlage, denen ich ihn anbot, verstanden ihn nicht.
Ein Vierteljahrhundert schlief er in einer Schublade, wie Dornröschen, und sogar ich selber vergaß ihn. Dann kam der Prinz und weckte ihn mit einem Kuß.
Ich hätte es Tarski gern erzählt. Zum letzten Mal sah ich ihn vor acht Jahren. In einem anderen Haus, in einer anderen Stadt, in einem anderen Leben. Auch mit grauen Haaren war er eine faszinierende Erscheinung. Aber bin

ich je einem traurigeren Menschen begegnet? Die Prinzessin brachte mich in ihrem Auto zum Bahnhof. „Was, um Gottes willen", fragte ich, „ist mit ihm los?" „Librium, Valium", sagte sie. „Weißt du noch?" fragte ich. „Damals, als er kein Marxist, sondern ein Mystiker war ..." „Ja", sagte sie. „Ich weiß." Wir küßten einander und hätten am liebsten geweint. „Scheißmarxismus", sagte ich und stieg in den Zug.
Einmal telephonierte ich noch mit ihm. Wegen gewisser Apokryphen für „Jesu Hochzeit" wollte ich seinen Rat. „Das Thomas-Evangelium", sagte er. „Lies das Thomas-Evangelium, ich hab es so gern."

Vor vier Jahren hat mir zum ersten Mal wieder von ihm geträumt. Er kam aus dem Haus auf dem Hügel. Er war jung, er war schön, und er strahlte. Am nächsten Tag las ich in der Zeitung, er wäre gestorben.

Ein Jahr nach seinem Tod fand in der Stadt, in der er zuletzt lehrte, ein Symposion für ihn statt. Ich war eingeladen, die Abschluß-Rede zu halten. Anstelle des bereits vorbereiteten Kriminalromans steckte ich im letzten Moment „Alice hinter den Spiegeln" als Reiselektüre ein. Ich kannte das Buch, obwohl ich es seit Jahren besaß, nicht. Im Zug machte ich mir Notizen für die Rede, und plötzlich hatte ich das Gefühl, Tarski wollte mir noch etwas sagen. Zum ersten Mal schlug ich das Buch auf und legte den Finger blind auf eine Stelle: „Fahrkarten bitte!" sagte der Schaffner und steckte den Kopf zum Fenster hinein ... „Es tut mir leid,